# 秦良玉與《石頭記》
## 初 探

孙怡祖 孙翼 著

上海三聯書店

**图一 青玉御题诗万寿无疆如意**

（1）外形图

（2）御题诗图

**图二　乾隆款青玉浮雕蝠寿如意**

图三　乾隆御题青黄玉如意外形图

图四　乾隆御题青黄玉如意诗及老断裂纹图

## 图五　乾隆紫檀嵌银丝镶白芙蓉松鼠葡萄纹御制诗文如意

（1）外形图

（2）御题诗图

图六　石砫宣慰使马宗大书《明庄烈帝赐秦良玉诗四首》

图七　秦良玉遗物

（1）头盔

（2）袍服

图八　陆抑非书《宁静致远》

**图九 《文物》1973 年第 2 期刊《王穉登款题薛素素脂砚》**

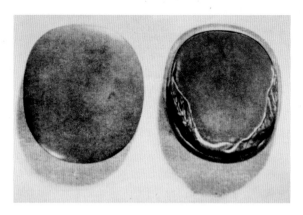

（1）外形图

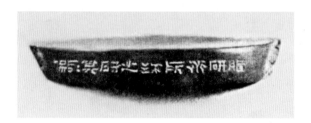

（2）砚侧刻字

（3）砚背题诗

书画家赠作者作品

（1）张大壮《牡丹图》

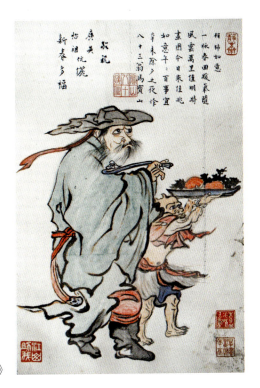

（2）马宝山《钟魁图》

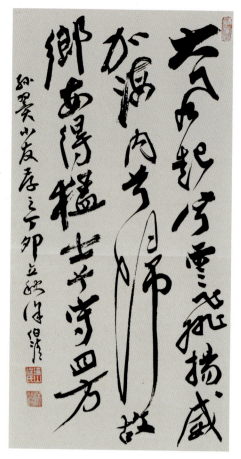

（3）徐伯清书《大风歌》

（4）金运昌书《宋黄庭坚诗》

聽琴園

# 前　言

　　二十世纪九十年代初的一天,作为闲时消遣,偶然读到一本乾隆《御制诗集》其中的一首《玉如意》时,有一句"贞素标琼质"映入眼帘,当时特别对"贞素"两字感到十分熟悉,但又记不清在哪里见到过。良久想起在八十年代的一个冬天,由于工作上的关系,曾出差到四川重庆办事,途经一个名叫"石柱"(1959 年之前旧名石砫)的县城小住,夜来无事,与一位招待所的老者闲谈,问及当地可有什么名胜可以去游览一下。老先生饶有兴味地告诉我,在县城东面的回龙山下有一座明代十分有名的女英雄秦良玉的墓,陵园里面还有不少古迹,值得去看一看。第二天一大早,我特雇一辆机动三轮车兴致勃勃地行驶了大约不到半个小时,便到了这座不小的陵园。只见园中青松茂密,丛林中找到了秦良玉的墓碑和碑额。记得碑上刻有"太子太保秦贞素将军墓"几个字,碑额上的字就记不清了,在墓道两侧还有石俑、石马等。墓园气势尚存,但陵园内空无一人,甚至让人有一种荒芜凄凉的感觉。所知所见所感仅此而已。

由于乾隆的这首诗与"贞素"有关,引起了笔者极大的兴趣,但初读这首诗,又觉得十分沉闷。主要原因是我们这一代人没有接触过八股文,自己年轻时所读史诗有限,国文根基也浅薄,初读这首诗仅识其字而不能通其义。所以用了整整半天的时间,才略略知道了这首诗的一个大概。之后经过查阅历史上有关"贞素"人名,在确认贞素就是乾隆所指秦良玉时,才发现乾隆所写的这首《玉如意》诗的含义十分丰富,其中应该蕴藏着一个故事。自此,我就从寻找秦良玉的历史资料为切入点,经过在成都工作的一位老同学的帮助,于当地新华书店洽购到了一本《秦良玉史料集成》。仔细阅读,再结合乾隆的这首御制诗《玉如意》的解读才恍然大悟,原来乾隆是在讲述这件"玉如意"于明末清初时,与石硅女将军秦良玉之间发生的一件不为人知的重要历史故事。虽然这首诗仅有十二句,六十个字,但是随着解读的深入,感悟到这首诗句句有故事,字字有含义,反复阅读越感到诗句内涵丰富。笔者在此思路和兴趣的支配下,十余年来一步一步地探索,以相关诗文的文字实证作为依据,一路摸索寻找这个故事的原委,渐渐发现原来乾隆表述的是这柄"玉如意"有着一段"往昔"和"如今"的故事。其大意是:"这柄玉如意的断碎,里面隐藏着梦幻一般的故事,把往事和现在联系在了一起,想起祖先曾乐志于招降秦良玉,但遭到秦贞素的摞击和驱使,致使这柄如意击碎,之后就一直被深藏于丝织坊内。后来又到了清宫。秦贞素击断了如意美玉,辜负了祖先美好的愿望,指挥她无根基的草军与清军作战,从而延长了国家合一的时间。值此盛世中的新春佳节,今咏诗以示对祖先的思念,而为此美玉赞诗。"

随着对这首诗的深入理解,发觉其内涵还不止有关秦良玉一则故事,背后还有更深层的内容蕴涵其中。犬子翼由于自幼喜爱文学,熟读古典名著,且对文物研究有所建树,经多年来对这首《玉如意》的研究,发现该诗文内容多处与《红楼梦》的旨义有关联和吻合,在《石头记》的脂批中,曾明确地指出了"伏贾家之败"是与一件玉器有关,而乾隆却在诗句中表露了这件"玉如意"来自于"萝薛"深处。反复重读《红楼梦》的几个重要版本和《脂砚斋重评石头记·甲戌本》等红学重要文本,以及几代红学大师的著名论文后,这才对红学有了一个初步的新的认识,逐步地感觉到脂批"伏贾家之败"的一件玉器,就是乾隆御题的这件玉如意。然而红学委实博大而精深,自己犹如进入了一座巨大的学库迷宫,我就是按着这样的思路,抱着谨慎和虚心向先行者学习的心态,一路摸索寻去,寻寻而止止,之间曾经一度感到探索这座宝库的分量实在重得无法用言语来表达。然而通过近十余年来的不懈探索,发现"红学中的一扇大门正稍稍地开启了一条缝隙,并能从外面向里窥望,已经可以看到宝库里面存放着的'叠叠贝叶经文'",笔者欲罢不能,从而加深了对它的探索兴趣。

近年来又读到一本《中国民族女英雄传记》,书中有清代著名史学家、文学家赵翼(1727—1814)写的一首《秦良玉锦袍歌》，经细读，原来是赵翼为襃赞秦良玉一生英雄事迹的诔文。其中有这样两句诗，引起了笔者的特别重视："遗笏魏家先世泽，传衣曹洞昔时珍。"经过对这首诗的上下文综合分析解读，笔者以为赵翼所写的那件"遗笏"，指的就是被秦良玉所摽断，而被乾隆称之为"握君曾得号"的那件"玉如意"，并且赵翼用隐喻和"曹洞典故"的双关用词之法，将这件遗笏的去向告诉了读者，同时也证实了明末在辽东战场上后金(清)政权"重购川兵"的史实，从另一侧面印证了这次重购川兵出使到秦良玉帐下的使者，就是曹雪芹的天祖曹世选或高祖曹振彦。此次事件与乾隆御制诗的诗义是如此地吻合，笔者感到这也是一条较为可靠的旁证。

从《红楼梦》前八十回的故事情节和脂砚斋、畸笏叟的批语中，也显露出不少与这件玉器相关的隐喻，发现了曹雪芹的笔墨中使用这些以玉为道具乃至故事的情节、对话以及诗词，不约而同地把指针都指向了乾隆所题的那件"玉如意"。

在曹玺至曹寅所在的康熙年间，有一位与曹家交好的著名文坛名士毛奇龄(1623—1716)，字大可，学者称其"西河先生"，浙江萧山人，著有《西河集》。从《秦氏家乘》志中得知，他是康熙时唯一撰写《秦良玉传》的文坛学者，周汝昌先生所著《红楼梦新证》一书中也多处提及此人。可以设想，身在江浙的毛西河作为曹寅的好友，他怎么会去撰写远在川贵边域的嵚峒抗清女将军秦良玉的传记,其间的因果关系值得深思,只是多年来欲尽全力寻找此善本,但始终未果。由此可见,自入清之后文字狱的盛行,遗存的抗清史料皆为清历代帝王抹去,即使能留存至今的资料,也只能从片言只语的诗句或隐喻中来寻找,毛西河、赵翼这样的大学者,在当时敢于写下这样的传记和隐喻诗文,确是非常不容易。至于能传之今日的文字更是凤毛麟角,就连秦良玉的后代对秦氏的抗清英雄事迹在入清之后都是避而不言,甚至在扇页上发现的所存崇祯帝的贬清诗字迹,亦谓被虫蛀去而缺失。同样,入清之后经张廷玉修撰的《明史》对抗清之词,更是阙而不书了。

唯一有意义的,还是乾隆的自喻及其褒扬祖先功绩的六十字《玉如意》的诗文中,隐约还原了这件秦良玉抗清摽琼和驱逐使者故事的真相,同时也显露了身为"包衣"的曹氏先辈屈从关外入侵者的指使,冒着生命危险而换回的一柄"玉如意"纪念物。此玉虽然后来终入清宫被"玉痴"乾隆帝所得,但此玉石亦为曹氏后辈的嫡孙曹雪芹在撰写这部《红楼梦》名著时借此"玉石"为道具,并使用了真幻笔法,在其内心交错复杂的煎熬之下,在当时特殊的政治环境和家境的大背景下,以其胸怀万卷的文化底蕴,运用了当时以《梦幻》作诗写剧本为时尚的旨义,造就了这部中华巨著《红楼梦》的伟大成功。笔者通过这些年来的探索之后,已觉得非常有必要在此时此刻写一点自己的心得和感想了。

本书着重探索分析了这件"玉石如意"不平凡的漂泊经历,可见它的每一次驻留与启程都犹如航海中的一叶扁舟，每经一地都有一段不平凡而又传奇的经历，并且在时间、地点、人文及政治环境等众多节点上都是那么惊人的契合，指针始终指向这件被乾隆帝称之为"宝球琳"的玉石如意。只是清宫仍不是它最后的归宿，一百七十余年之后，终于被它的末代皇帝溥仪送出了清宫。

其实，物之所谓归宿，原本都只是"暂时驻留的瞬间"，亦所谓"历程中落脚之所在也"。玉石还是玉石，它抗压而不耐冲击，是它的物理特性，而"如意"之碎，是"真"还是"幻"都并非人而为之。人的生命短暂是遗传基因所决定，此亦是人的特性，而一个皇朝和家庭的兴衰也有其固有的规律，谓之兴久必衰，而人与物非一理耳，唯物质不灭才是科学的真理。

通过探索，也深切地体会到"红学"确是一项巨大的系统工程，我依一人之能，一如撼树蚍蜉，定是虑之所隘而思之所狭也。乃至稍有不慎或有臆测生拖硬套且崇以标榜之念，写出异文，则贻笑后世也。故本书力求以历史文献为依据，在此基础上加以合乎情理的探索而成一感想而已。在探索中定有瑕疵之处，祈求方家提出正确之评语和诚见。笔者唯愿这本小书能抛砖引玉，如能经日后岁月之检验，高明贤士有添石加玉，则幸甚矣。

甲午腊月　孙怡祖时年七十于听琴斋

# 目录

# 图版目录

花卉

人物

书法

# 第一章　乾隆帝于乾隆十九年（甲戌）
## 一首御制诗《玉如意》的解读

## 第一节　乾隆（甲戌）御制诗《玉如意》
## 著录及单词词义解读

一、乾隆于十九年（甲戌）即公元 1754 年，做有一首咏《玉如意》诗，载入《御制诗集》第二集第四十五卷《玉如意》中。"御制诗集"刊有众多版本，编入《钦定四库全书》（台湾影印文渊阁《四库全书》第一三〇四册页四）。诸版本文字内容相同。

二、从御制诗文集第二集第四十五卷诗文的排序可知："古今体一百首（甲戌一）"之"甲戌元旦诗一首"之后，是《新正试笔》。以此诗为第一首诗，计算至第十六首是《新春重华宫侍皇太后宴》，之后第十七首便是咏《玉如意》，接着第十八首是《新春瀛台即事》，此诗之后就不再用"新春"一词。"新正春日"应是指正月十五日之前，可见乾隆于新春几乎天天写诗。按前后排序分析,乾隆写这首诗的确切时间应为甲戌(1754)新春正月十五日前几天,时年四十四岁。

三、《玉如意》一诗系五言,六对句,十二句,共六十字。全诗为:

竹化分真幻,铜函阅古今。清谈常在手,乐志每如心。

击处珊瑚碎,挂来萝薜深。握君曾得号,禅德亦留吟。

贞素标琼质,指挥延藻禊。休征愿时若,讵为宝球琳。


四、《玉如意》诗,字(词)义和诗句试作如下解读。

1. 诗句(上联)——"竹化分真幻"。

A. 字(词)义解读:

(1) 竹化

a. 竹——《辞源》谓竹乃"八音"之一。"八音"即"金、石、土、革、丝、木、匏、竹"。所咏"玉如意"实为玉石,古人所称"八音"之一。古人于竹又别称"青玉"。

(《辞源》未集页一 《古汉语字典》页四一七)

b. 化——古汉语谓:甲骨文、金文"化"字像人一正一倒之形,以示变化之义。故应解读为变化。 (《古汉语字典》页一二〇)

c. 竹化——《邵氏闻见后录》卷四云:"延安师章质夫,因板筑发地,得大竹半已变石,西边自昔无竹,亦一异也。"即所谓"竹化石"。

《苏轼题文与可画竹》云："与可画竹时，见竹不见人。岂独不见人，嗒然遗其身。其身与竹化，无穷出清新。"此诗以苏轼之虚静说，与庄子以虚静达物化的思想融合在了一起，着意褒扬赞美"竹石"之静美。

（2）分——"辞源"谓：（夫氲切，文韵）"总数析成，多数口分"。《史记》"分军为三"。故应解读为"分开"或"分离"。

（《辞源》子集页三一三）

（3）真——古汉语谓：《汉书·宣帝纪》："使真伪毋相乱。与'假'、'伪'相对。"故此字在该诗句上下文，对应解读为"真实"。

（《古汉语字典》页四〇四）

（4）幻——"辞源"谓：（户惯切，谏韵）诈惑也〈书〉，"民无或胥诪张为幻，假者似真曰幻，虚而不实曰幻"。　（《辞源》寅集页一九六）

《说文·予部》："相诈惑也"，"像悬系之细丝，人视不清"。《书·无逸》："民无或胥诪张为幻。为惑乱。"《列子·周穆王》："因形移者，谓之化，谓之幻。"虚幻而不真实，如幻觉。故此字对应诗句，应解读为"梦幻"。

（《古汉语字典》页一二二）

B. 诗句解读：静而美的玉石如意发生变化而分离（断裂），是有着真实而梦幻的一个故事。

2. 诗句（下联）—"铜函阅古今"。

A. 字（词）义解读：

（1）铜函——铜，指铜器；函，为封套、匣。铜函即铜匣。《故宫博物院藏文物珍品大系·玉器》导言《清代宫廷玉器的收藏与使用》，作者张广文写道："……第二种是属于小件玉玩的零散收藏，将小玉玩置于各色匣盒中，置放入书房、居室或殿堂中。盒匣制作非常精致，有漆匣、紫檀木盒、铜镀金匣，还有镙丝匣……"故应解读为"铜匣"。又古人泛称"铜器"为"金"，金指青铜。

（2）阅——阅看。

（3）古今（古——往昔、往事；今——现在）——往事和现在。

B. 诗句解读：如意放置于铜匣内，见证了从古至今所发生的事情。

3. 诗句（上联）——"清谈常在手"。

A. 字（词）义解读：

（1）清谈（清——高洁，谈——称颂）——称颂高洁。

B. 诗句解读：称颂如此高洁的玉如意，应是时常放在手边的事。

4. 诗句（下联）——"乐志每如心"。

A. 字（词）义解读：

（1）乐志（乐——乐意，志——记述一时之事）——乐意记述。

（2）每——常常。

（3）如——按照，去。

（4）心——愿望。

B. 诗句解读：常常乐意记起这件事,能按照心中的愿望去实现。

5. 诗句(上联)——"击处珊瑚碎"。

A. 字(词)义解读:

(1) 击——敲打;撞击。

(2) 处——

a. chù,古汉语谓:处所或地方。宋·辛弃疾《永遇乐·京口北固亭怀古》:"千古江山,英雄无觅孙仲谋处。"

b. chǔ,处于;置于;在。《淮南子·道应》:"身处江海之上,心在魏阙之下。"

(《古汉语字典》页四二)

(3) 珊瑚——由珊瑚虫分泌的石灰质骨骼聚集而成的树枝形东西。从玉。(应指此玉石如意)

(4) 碎——破碎,断裂。

B. 诗句解读:敲击如意(头部)之处,致使断裂而破碎。

6. 诗句(下联)——"挂来萝薜深"。

A. 字(词)义解读:

(1) 挂——放置。宋·陆游《送子龙赴吉州掾》:"汝但问起居,余物勿挂齿。"

(《古汉语字典》页一〇二)

(2) 来——由彼至此。

（3）萝薜——现代汉语对萝薜之词已很少使用。

《辞源》称：萝——通常指爬蔓之植物。

薜——指木本植物之茎蔓。

萝薜——"薜萝"，隐者之服。

《楚辞》："若有人兮山之阿，被薜荔兮带女萝。"

（《辞源》申集页八七）

古汉语谓："薜萝"："借指隐者的服装或高士的住所。"唐·韩偓《雪中过重湖信笔偶题》："道方时险拟如何，谪去甘心隐薜萝。"清·黄遵宪《〈岁暮怀人诗〉之二》："十年冷署付蹉跎，归去空山卧薜萝。"

敦敏《赠芹圃》："碧水青山曲径遐，薜萝门巷足烟霞。"

（周汝昌著《红楼梦新证》页三二〇）

曹雪芹《红楼梦》第三十七回："白海棠和韵·蘅芷阶通萝薜门"；第十八回："宝玉题蘅芷清芬·蘅芜满静苑，萝薜助芬芳"。

综合以上用于"萝薜"之词的词义和此诗承上启下之义，应是"由彼而来"，故当确定所指，绝非盒中玉如意之成型窝篏，而应读解为"犹草蔓之茎的丝织衣坊居所"。

（4）深——深深，深奥。《世说新语·赏誉》："夫学之所易（盖）者浅，体之所安者深。"

（《古汉语字典》页二七五）

B. 诗句解读：从深深地放置和收藏它的丝织坊内而来。

7. 诗句(上联)——"握君曾得号"。

A. 字(词)义解读：

(1) 握君——如意之别称。

(2) 号——hào,呼唤。《楚辞·九章·悲回风》:"鸟兽鸣以号群兮,草苴比而不芳。"

（《古汉语字典》页一一二）

B. 诗句解读:此柄如意,曾得到祖辈赋予它历史使命的呼唤。

8. 诗句(下联)——"禅德亦留吟"。

A. 字(词)义解读：

(1) 禅德——禅心之恩德。（禅为佛教用词）

(2) 留——留存。

B. 诗句解读:这样以禅心和感恩之德,是值得咏诗留存的。

9. 诗句(上联)——"贞素标琼质"。

A. 名、字义解读：

(1) 贞素——(名)秦良玉,字贞素。经查考和乾隆诗诗义,应即秦良玉无疑。

(2) 标——此字经考证为"摽"字,本书以"摽"字解读。（详见本章第四节,"标"与"摽"字的考证。）

摽的字义有二声:

biào,击打。《左传·哀公十二年》:"长木之毙,无不摽也。"

biāo,挥,驱逐。《孟子·万章下》:"摽使者出诸大门之外。"

（《古汉语字典》页十八）

此二声字义虽略有不同,但与上下文并联读解,应解读为"击打"和"驱逐"双重意思。

（3）琼——美玉。（指玉如意）

（4）质——

a. 人质。《战国策·赵策四》:"有复言令长安君为质者。"

b. 以物相质,典押。《战国策·赵策四》:"于是为长安君约车百乘,质于齐,齐兵乃出。"

c. 盟约。《左传·哀公二十年》:"黄池之役,先主与吴王有质。"

（《古汉语字典》页四一一）

B. 诗句解读:秦良玉(贞素)击断如意,驱逐使者(人质)。

10. 诗句(下联)——"指挥延藻襟"。

A. 字(词)义解读:

（1）指挥——同现代汉语,另"如意"亦有"指挥"之义。

（2）延——延长,拖延。

（3）藻——水藻(无根基之水草),诗中解读为草军。

（4）襟——对襟(上衣胸前部对合一起称"襟")。此处指国家"统一"和"合一"。

B. 诗句解读:指挥无根基的草军作战,从而拖延了国家合一的进程。

11. 诗句(上联)——"休征愿时若"。

A. 字(词)解读：

（1）休征——颜师古曰："休，美也。征，证也。"

《书·洪苑》曰："休征"，孔传："叙美行之验。"

《汉书·终军传》："故周至成王，而休征之应见。"为吉祥之征兆也。

（2）愿——心愿，愿望。

（3）时——那时，当时。唐·柳宗元《钴鉧潭西小丘记》："李深源、元克己时同游，皆大喜。" （《古汉语字典》页二七八）

（4）若——然。（形容词尾词）犹，然。《诗·卫风·氓》："桑之未落，其叶沃若。" （《古汉语字典》页二六五）

B. 诗句解读：提起祖先那件表达美好心愿往事的证物。

12. 诗句(下联)——"讵为宝球琳"。

A. 字(词)义解读：

（1）讵——（从言）巨声。

a. 相当于"岂"、"难道"。晋·陶渊明《读〈山海经〉十三首》之十："徒设在昔心，良臣讵可待？"

b. 相当于"无"、"不"。《北史·卢玄传》："乐为此者，讵几人也。"

（《古汉语字典》页一五五）

c.《辞源》谓"讵"（局语切，音巨语韵，又去声御韵，义同），"岂也"。

《庄子》："庸讵知吾所谓天之非人乎？" （《辞源》酉集页二六）

（2）球琳：

a. 字义：

ⓐ 球：《辞源》谓：（奇尤切，音求尤韵）美玉也。

（《辞源》午集页二八）

ⓑ 琳：《辞源》谓：（离淫切，音林侵韵）美玉也。

（《辞源》午集页三二）

b. 词义：

ⓐ 史料引指美玉：《淮南子·墬形训》："西北方之美者，有昆仑之球琳琅玕焉。"

ⓑ 史料比喻贤材：唐·李白《送杨少府赴选》："夫子有盛材，主司得球琳。"

ⓒ 清·汪懋麟《题长真观察桐阴小像》："此时海内卬安石，如君济世称球琳。"

B. 诗句解读：岂能不为此美玉而吟诗。

# 第二节　乾隆（甲戌）御制诗《玉如意》
## 的全文解读和用意分析

## 一、全文解读

此柄静而美的玉石如意发生断裂，其中隐藏着一个往昔真实而梦幻般的故事;但它却见证了从古至今一个不平凡的故事,也将往事和现在联结在了一起。当今正是新春佳节,闲暇之时,手中握着这样一柄高洁的玉如意,从而回想起祖先和往事,祖先乐于将招降这件事能够按照心中常期待的愿望去实现,但是遭到秦良玉(贞素)无情的敲击,致使这柄如意敲断击碎;祖先美好的愿望,也就像这柄如意被无情地击碎。此柄断开的如意就一直被深深地秘藏于丝织造衣坊内,以后来到清宫;要知道这柄如意曾代表祖辈的美好愿望,肩负过历史使命的呼唤。祖先如此之感恩戴德值得咏诗留存,至今亦是应该值得称颂的。秦贞素击断如意和驱逐使者人质,不愿受降为盟,辜负了我们清帝国祖先美好的期望;而秦良玉指挥当时无根基的地方草军(白杆兵)与清军作战,从而延长了国家合一的进程。提起祖先那件美好心愿的往事和证物,如今天下大定,又是新春佳节,再次为这事迹歌功颂德而吟诗,以示对先祖的思念。吾乃今济世天子,秦良玉岂能料到,当今已是太平盛世,如意断碎,又怎么会影响到它是如此上乘美玉的本质呢!

## 二、用意分析

按照上述对乾隆甲戌春正月新春所御题的这首《玉如意》五言诗,全文十二句,共六十字的全面解读,或许不难理解乾隆之御意了。新春佳节是思祖和纪念祖辈的传统日子,紫禁城内的皇家亦如此,加上众所周知的乾隆是出了名的"玉痴",对这柄曾为清帝国出过力且又被乾隆定为"宝球琳"的如意美玉,能回归清宫而吟咏成诗。可见乾隆的占有欲以及对它咏诗歌颂是在情理之中的事。

乾隆在这首诗中,传达了这一历史事件众多的重要信息:他用"竹化分真幻"道出了这件静而美的玉器发生断裂,里面隐藏了一个真实而梦幻的故事;用"乐志每如心""握君曾得号"来表达其祖先欲招降秦良玉是清帝国的美好愿望;从而引出了"击处珊瑚碎""贞素摽琼质"的诗句,来记述明末发生的这起清前政权欲用此柄如意招降当时"四川著名抗清女将统帅秦良玉",而被秦良玉无情击碎致断裂和驱逐使者人质的历史事件真相。这件被清政府视为并不光彩的事,在清三代文字狱盛行之时,几乎所有记载文字都在修史及在严查文字中被抹去,只有乾隆帝在纪念祖先的咏玉诗中才道出了真相。

乾隆继而用"挂来萝薜深"表达了此件所断的玉如意,是来之于丝织造衣坊内深藏的历史信息,客观上为本书在求证这件玉如意即来自于金陵江宁织造曹家,提供了文字依据。后面乾隆以"禅德亦留吟"的诗句再次表彰祖先的招降举动,以"指挥延藻襟"来指责秦良玉此举在乾隆眼中仅是指挥地方草军作战,从而推迟了清政权统一中国的作用;最后用济世天子的口气,再次在新春之际为纪念祖辈的功德和赞美如意美玉为物证而吟诗,是乾隆御制这首咏《玉如意》一诗的真实意图。

# 第三节　介绍四件乾隆御题诗《玉如意》的实物信息

## 一、《青玉御题诗万寿无疆如意》(见图一)

此件玉如意:长度为 40.6 厘米,宽 9.8 厘米,高 5.7 厘米。玉质暗青色,有斑。如意头表面刻有一周回纹开光,其内刻有诗:"竹化分真幻,铜函阅古今。清谈常在手,乐志每如心。击处珊瑚碎,挂来萝薜深。握君曾得号,禅德亦留吟。贞素标琼质,指挥延藻襟。休征愿时若,讵为宝球琳。"署有"乾隆御题"款。有"古香""太璞"二印记。

其主要特征:如意柄的上、中、下三个部分均刻有纹饰,中部正面刻有"万寿无疆"四个较大的篆字,御题诗文以隶书刻于如意头正面。材质为青玉呈暗青色,略有斑瑕。御题诗"贞素标琼质"用的是"标"字。

此柄玉如意从玉质及刻工,有乾隆时期的典型特征;原藏于清宫,并呈现出皇家之富贵气息的特征。从所刻"万寿无疆"可知,此柄如意应是清最高统治者帝王或皇太后所使用的祝寿或陈设仿古器。

## 二、《乾隆款青玉浮雕蝠寿如意》(见图二)

此件玉如意:长度为 42.5 厘米,头部长 10.3 厘米,高 4.9 厘米。

头部呈云朵形,如意柄自然弯曲,上阴刻菊花纹饰,下浮雕蝙蝠,万寿字。如意背面头部雕流云双幅纹饰。如意头部中间阴刻戗金楷书御制诗一首:"竹化分真幻,铜函阅古今。清谈常在手,乐志每如心。击处珊瑚碎,挂来萝薜深。握君曾得号,禅德亦留吟。贞素标琼质,指挥延藻襟。休征愿时若,讵为宝球琳。"署有"乾隆御题"款。有"古香""百玉"二印记。

其主要特征:此柄如意的材质为青玉。头部正面呈云朵形,中间刻有戗金楷书御制诗一首及篆文"古香""百玉"(其中"百玉"资料来源可能所录有误)二印记。如意柄部及头部刻有菊花纹饰和蝙蝠万寿字,背面刻有流云双幅纹饰。御题诗"贞素标琼质"用的是"标"字。

此柄乾隆款青玉浮雕蝠寿如意从玉质及刻工看,符合清乾隆时期作品的特征,应为清宫用以祝寿和祝福时的陈设仿古器。

## 三、《乾隆御题青黄玉如意》(见图三、四)

此件玉如意:长度为 34 厘米,宽 8.5 厘米,高 3 厘米。玉质为和田青黄玉,满工兽面纹。在头部的背面无纹饰,刻有乾隆御题诗:"竹化分真幻,铜函阅古今。清谈常在手,乐志每如心。击处珊瑚碎,挂来萝薜深。握君曾得号,禅德亦留吟。贞素摽琼质,指挥延藻襟。休征愿时若,讵为宝球琳。"署有"御题"款。有"古香""太璞"二印记。

其主要特征：此柄玉如意的材质采用独根和田黄玉制成。其玉色似有隐青，纹饰为浅浮雕满工兽面纹，柄部中段有一长约 7 厘米的赭色天然蕴色之瑕。在头部与柄部之弓缘根部有一处应为年代久远的老断裂纹，并有经过修接的明显痕迹（见图四）。按此青黄玉的材质具有明中期独有的材质特征。因为此种材质，至康熙之后就极少能见到，其纹饰明显不符合乾隆时期的时代特征，应视为明中晚期作品的时代特征。御题诗"贞素标琼质"用的是"摽"字。

据悉此件实物原出清宫，何时何故流失于外，待考。

## 四、《乾隆紫檀嵌银丝镶白芙蓉松鼠葡萄纹御制诗文如意》（见图五）

此件紫檀木镶白芙蓉如意：长度为 43 厘米。材质以紫檀木为柄，镶白芙蓉石饰件三处。柄的上方落篆书款"御制"。下方以错银丝书乾隆御制诗："竹化分真幻，铜函阅古今。清谈常在手，乐志每如心。击处珊瑚碎，挂来萝薜深。握君曾得号，禅德亦留吟。贞素摽琼质，指挥延藻襟。休征愿时若，讵为宝球琳。"

其主要特征：此柄如意以紫檀木为柄，以三镶白芙蓉石为饰件，御制诗以错银丝制诗文，器身满布错银纹饰，白芙蓉石则雕以松鼠葡萄纹饰，其材质虽似玉而非玉，但整体富丽华贵，有乾隆时期的装饰风格特征。御制诗"贞素标琼质"用的是"摽"字。此件实物是否原出清宫不详,待考。

## 第四节　乾隆(甲戌)御制诗《玉如意》,"标"与"摽"字的考证

乾隆(甲戌)御制诗《玉如意》中"标"字在本章上一节所介绍的所见四件实物信息中,"贞素标琼质"的"标"字有两种不同的刻字,即:《青玉御题诗万寿无疆如意》(见图一)和《乾隆款青玉浮雕蝠寿如意》(见图二)所刻的字为"标",而《乾隆御题诗青黄玉如意》(见图四)和《乾隆紫檀嵌银丝镶白芙蓉松鼠葡萄纹御制诗文如意》(见图五)所刻的字是"摽"。

笔者经查考研究发现:如果按"标"字解读本诗句,上下文无法通顺,而用"摽"字,则明显能使上下文贯通。另外从语法上分析,因为前面的"贞素"是名词,中间用"摽"为动词,之后的"琼"又为名词,这样的动名结构搭配是符合古代汉语语法习惯的。反之如用"标"字,因为其词性大部分均用作"名词",显然在古汉语或现代汉语中,一般无此种配用之法。因此笔者认为,此"标"字在《钦定四库全书》集部御制诗二集卷四十五中录为"标"字,分析其原因:可能是因为其"木"字旁和"扌"旁,极容易被转抄者误写,也就是说因为传抄官和抄录官在抄录或传递过程中发生了问题,而导致了将"摽"写成了

"标"字。现在通过解读文字的前后，了解"摽"字的真实含义，才得以顺理成章上下贯通并相得益彰。这也是在古文典籍中经常出现的笔误或传抄之误，可以被人理解。

那为什么会发生两柄实物用"标"字，而另两柄实物用"摽"字的情况呢？我想原因是，秦贞素所摽的如意最迟也是明末之器物，如果这件器物可能是上述四件之一的话，由于御题诗的刻字必定是在乾隆（甲戌）作诗之后补刻，时间上无论是在当年春后所刻，还是在之后仿制再刻，甚至被后人仿制伪刻，都是有可能的。这就需要我们对实物作一综合评判和研究，才能得出合理结论。而本书旨意是着重查考其"标"和"摽"的文字和诗文的原由，并以此为出发点，通过研考其"标"和"摽"的词性，以求探得乾隆的原意。

经考查相关字义，词性如下：

A. 标——

ⓐ《辞源》谓"标"（卑腰切，萧韵）：

解读：① 末也。《管子·霸言》："大本而小标。"高枝曰标。《庄子》："上如标枝，民如野鹿。"

② 表也。"古投壶饮毕，为胜者树标，故角胜负，谓之夺标。"

③ 旌旗也。"梁祖建火龙标。"

④ 程序也。《晋书》："立标简试。"

词组有：标本、标布、标的、标金、标致、标格、标统、标程、标置、

标准、标榜、标识、标举、标帜等。 （《辞源》辰集页一六九）

ⓑ《古汉语字典》谓"标"：

① 树梢。与根相对。《管子·霸言》："大本而小标。"

② 顶点。唐·李白《秋日登扬州西灵塔》："标出海云长。"

③ 开始。《素问·天元纪大论》："少阴所谓标也，厥阴所谓终也。"

④ 高高扬起，高超。《宋书·谢灵运传》："灵运之兴会标举。"

其他词组：风标、标新立异、标帜、标枪等。

（《古汉语字典》页一七）

ⓒ《现代汉语辞海》谓："标"：

① 用作名词者，指：树木的末端、事物的枝节或表面、记号、给竞赛优胜者的奖品，如标的价格、标本、标兵、标杆、标格、标记、卷标、标题、标志、标帜、标致、标准。

② 用作动词者，指："用文字或记号表明。"如：标量、夺标、治标、标明、标榜、标卖。 （《现代汉语辞海》卷一页六一）

B. 摽——

ⓐ《辞源》谓"摽"。（弼扰切，筱韵，又譬要切，啸韵，义同。）

解读：① 击也。《左传》："长木之毙，无不摽也。"

② 拊心貌。《诗》："寤辟有摽。"

③ 落也。见"摽梅"条。

④ 麾也。《孟子》:"摽使者出诸大门之外。"

⑤ 高远貌。《管子》:"摽然若秋云之远。"

词组:摽梅、摽牌、摽榜、摽帜、摽枪。 （《辞源》卯部页一四一）

ⓑ《古汉语字典》谓"摽"。从手、票声。

读音:biào

① 击打。《左传·哀公十二年》:"长木之毙,无不摽也。"

② 捶胸的样子。《诗·邶风·柏舟》:"静言思之,寤辟有摽。"

③ 落下。《诗·召南·摽有梅》:"摽有梅,其实七兮。"

读音:biāo

① 挥;驱逐。《孟子·万章下》:"摽使者出诸大门之外。"

② 通"标"。标榜。《宋书·谢灵运传》:"子建、仲宣以气质为体,并摽（標）能擅美,独映当时。"

读音:biāo

高扬的样子。《管子·侈靡》:"摽然若冬云之远。"

（《古汉语字典》页一八）

ⓒ《现代汉语辞海》谓"摽"。形声字。

用作动词:"挥之使去";"抛弃"。

摽榜,读作:biāo、bǎng,同"标榜"。

摽,读作:biào,用作动词:"把物体捆绑起来";"用胳膊紧紧搂住,表示亲热";"落";"打击"。 （《现代汉语辞海》卷一页六三、六四）

从上述对"标"和"摽"的字义及词义词性的一一考察,可知"标"字绝大部分是当作名词来使用。但从上述字义查阅中唯以ⓑ—④"高高扬起",即:《宋书·谢灵运传》诗中用作动词;然经过与本诗句上下文对照,乾隆的这首诗的第五句"贞素标琼质",如果解读为"贞素'高高扬起'已碎断之如意和使者人质",显然解释不通,也不合当时的实况情理。

而如果用"摽"字来解读:按上面考察都作动词使用。读音biào,则意为"击打"。而读音biāo,则意为"驱逐使者";在之后的"琼"和"质"是一组名词,则解读为"如意"和"驱逐使者"。故解读为"贞素击打如意和驱逐使者",则能够理顺诗文和上下贯通。

综上所述,笔者以为御制诗所录之"标"字,应为人工转录的各种过程中,被某一环节所错录,甚至简单地误将"标""摽"通用。这是在古籍版本人工抄录过程中常会发生的事,同时也可以从四件实物(图一至图五)的差异情况中得到印证。

由于刻字的时间可能有早有迟,刻字的文字依据也可能因此而随着时间推移会有所不同,造成了目前实物发生两组记字不同的情况。今后从清宫的原始档案件中进一步查证,也许可以找到事情的原委。

另外,从《青玉御题诗万寿无疆如意》(图一)图片刻面的"标"字观察,起初看这个"木"字旁,十分像是一个"扌"旁,但要十分仔细才能看到右方真有一小点,个中是否有其原因,供方家参考。

# 第二章　秦良玉人物介绍和历史背景

　　秦良玉（1574—1648），字贞素。四川忠州（今重庆忠县）人。是明末四川的一员地方女将军。她素以"饶胆智""善骑射"称著于世。《中国民族女英雄传记·书明都督总兵秦良玉佚事》称："玉生于忠州之鸣玉溪，字贞素。年方毁齿，聪慧绝伦。父葵，岁贡生。兄弟三人，尤钟爱之。幼课以章句，长通经史，晓大义……玉欣然与兄邦屏、弟邦翰、民屏，同习骑射击刺之术。葵又授以韬略，学成，而玉尤精其法。葵尝语诸子曰：'惜不冠耳，汝兄弟皆不及也。'玉曰：'锦伞锦车，曷尝冠哉？ 使儿得掌兵柄，夫人城，娘子军，不足道也。'"秦良玉二十四岁嫁到偏远的当时被称为"嵝峒蛮"的少数民族地区"石砫"土司马千乘家，融入其家后，与夫马千乘一起训练出一支"戎伍肃然"的"白杆兵"。这支石砫土司兵，战斗力极强，组织纪律又好。之所以称为"白杆兵"，是因为其有一种矛，用白木为之，矛端有钩，矛末有环，此兵器特别适用于攀爬山地作战。"白杆兵"在当时闻名全国。马千乘后来因矿业获罪而亡，这支军队就由秦良玉指挥作战。

秦良玉一生中,主要英雄事迹是带兵打仗,有如下三个方面。

## 一、抗击后金军作战

自明万历四十一年(1613)后,正是明王朝东北形势日益严重的关头。居住在东北建州的女真族,在领袖努尔哈赤的带领下,实现了女真诸部的统一,继而向明朝发动掠夺人口和抢劫财物的野蛮行径,给北方各地人民带来了极大的灾难,此时的明朝国力直下。正是在这样的情况下,远在万里之外的西南嵝峒少数民族"白杆兵"也加入到抗击后金军的行列,这不能不说是抗清史上的一大奇迹。

自万历四十八年(1620)至崇祯三年(1630)的十年间,秦良玉和她的亲属所带领的"白杆兵"曾经三次从四川忠州直奔辽东前线,直接参加对后金军的战斗。

第一次是参加援救沈阳的浑河血战。万历四十八年(1620)三千"白杆兵"由秦良玉兄弟秦邦屏、秦邦翰、秦民屏率领,先期奔赴辽东战场。天启元年(1621)后金军攻陷开原、铁岭之后,围困东北重镇辽阳,沈阳告急。秦邦屏等奉命前往增援,军至浑河,已闻沈阳失守,众军同仇敌忾,"白杆兵"一马当先,勇渡浑河,此时遭到后金兵的四面攻袭,战斗十分惨烈,明军终因寡不敌众,兄秦邦屏、弟秦邦翰在此次著名的浑河血战中壮烈捐躯,秦民屏突围而出,"白杆兵"损失大半……。兵部尚书张鹤鸣言:

浑河血战,杀奴数千皆石砫、酉阳二司土兵之力。邦屏等既陷阵,秦氏先遣人来京作棉袄一千五百件给与残兵,又自押兵三千至关。上分公家之难,下复饮血之仇,更可嘉焉。宜录邦屏子,大赉死事,而与民屏实缺。至其谍口自伤,功高招忌,势有固然,自宜力为保全。断不令忠义之士,负戟长叹。　　（《明实录·熹宗天启实录》卷十三）

泰昌时,征其兵援辽。良玉遣兄邦屏、弟民屏先以数千人往。朝命赐良玉三品服,授邦屏都司佥书,民屏守备。　　（《明史》卷二百七十)

第二次在同一年:

……良玉闻变,与祥麟兼程进御。扼榆关,祥麟目中流矢,犹拔矢策马前进。是役诸城皆陷,关独完。兵部张鹤鸣请加优赏,赐良玉二品章服,封夫人。授祥麟指挥,民屏都司,赠邦屏都督佥事。

（《秦良玉史料集成》页一二七引自《蜀龟鉴》卷之七页七)

从上述这些历史记录可见,秦良玉亲临抗击后金战场,奉命镇守山海关。因为山海关是后金军西图关内的要道,把守关道的重任交给了秦良玉,足见“白杆兵”当时在明辽东战场地位的重要。这一阶段,致使后金军未能破关西进,之后也不得不改道长城进塞。由于秦良玉的把守此关,成为后金军面前一个不可逾越的障碍,此间努尔哈赤、后金政权不得不使用“重购川兵”的招降办法来诱降秦良玉。笔者将在下一章按照有关史料,重点介绍当时辽东战场的战争实况。

第三次是入京勤王,崇祯二年(1629)十一月,后金兵从长城毁边墙进入塞内,崇祯三年(1630)永平等四城失守,后金兵一直打到北京德胜门外,直逼明朝京师,全国为之大震。崇祯诏谕天下,举兵勤王,此时朝廷之命官、言官皆垂首不言之时,秦良玉却义无反顾,奉诏自带粮饷,继以日夜从四川再次率兵北上,入抵北京郊外,崇祯为此亲自诏见良玉于平台,赐诗四章,又赐一品服以奖励。"白杆兵"进北京时,都人"聚观者如堵,马不能前",盛况空前。"北京都城外,城内西虎坊桥路西迤北"之地,因为是当年秦良玉勤王屯兵之处,后来一直被京人称为"四川营",是秦良玉住宿屯兵的遗址。

由于"石砫司女总兵秦良玉,万里勤王,一心卫国。自四城复后,已命归川,仍依依阙下。更遣伊侄秦翼明以万人护筑大凌河城,厥功懋焉。兹城功告竣,赐良玉锦袍一袭,玉带一围,加军功三级。伊子马祥麟已点武制科鼎甲,仍带指挥使衔,袭石砫宣慰司。均著暂驻遵永。秦翼明授松潘副总兵,先行赴任"。

(《秦良玉史料集成》页一四七引自《芝龛记》卷五页四)

崇祯帝御书赐秦良玉诗四章如下(孙按:圆括号内文字为笔者所填,方括号内文字为秦良玉元孙马宗大勒石碑文。):


一曰:

学就西川八阵图,鸳鸯袖里握兵符。

由(古)来巾帼甘心受,何必将军是丈夫。

二曰：

　　蜀锦征袍自剪成，桃花马上请长缨。

　　世间多少奇男子，谁肯沙场万里行。

三曰：

　　露宿风餐誓不辞，呕〔饮〕将鲜血代胭脂。

　　北来高唱勤王〔凯歌马上清平〕曲，不是昭君出塞时。

四曰：

　　凭将箕帚作鐅弧（扫鐅胡），一片〔派〕欢声动地呼。

　　试看他年麟阁上，丹青先画美人图。

（《秦良玉史料集成》页一四三引自《石砫厅志·承袭志》页二二-二三）


## ［附］　重镌明庄烈帝赐先太保诗章后记

### 马宗大

　　明崇祯庚午，先太保奉命勤王，召对平台，赐诗四章，归作玉音楼，以奉宸翰。庚寅寇变，遂至亡失，传闻记忆者，惟"蜀锦征袍"一章而已。历九十年，至我朝乾隆庚申，得见全诗于临江熊氏家藏扇面上，捧读如获球图，谨勒石示子孙。其第四章首句蠹蚀三字，敬阙之。

　　　　乾隆五年冬十月元孙宗大沐手敬书（见图六）

（《秦良玉史料集成》页一四四引自《补辑石砫厅志》艺文下第十二页一）

## 崇祯赐秦良玉"红蟒衣一袭、玉带一条"

……谕入卫四川总兵官秦良玉远来忠勤可嘉，□□□□□红蟒衣一袭、玉带一条……

　　　　　　　　　　□知道钦此钦此　　崇祯四年二月

　　　　　　　　　（《秦良玉史料集成》页一四五

引自卫聚贤《明史秦良玉传注补》页一四，见秦良玉墓额刻石残存字）

（天启四年）四月石砫宣慰司总兵秦良玉奏："弟秦民屏战死簏箩菁，从子佐明、翼明突围走。因追叙援辽之役，兄邦屏、（弟）邦翰等战死浑河，先后部目没万三千余人。"

　　　　　　　　　　　　（《明实录·熹宗天启实录》卷四一）

　　从上述史料记载可以看出，从天启元年（1621）至天启四年（1624）的四年间，秦良玉的兄邦屏，弟邦翰和民屏，兄弟三人相继为大明皇朝而献身，只剩下她秦良玉一人了。另外《芝龛记》卷二还记述了："小将秦邦屏与弟民屏，赴朝鲜累败倭酋。自平秀吉死，清正行长诸倭遁归之后，刘镇台省吾移师征播，俺兄弟二人留朝鲜一载。"可知"白杆兵"还去过朝鲜抗倭，倭者日本盗匪也。可见秦良玉民族气节之高，确实值得后人所敬仰。

　　而对于秦良玉的抗清史实，笔者所见文字记载极少，所存亦只有片言只字。原因在于清统一中国后，清三代的皇帝特别重视各种文档记载，曾进行过全面的整理和修改，将有贬于清的文字尽力抹去，加上后来的文字狱,使得所存抗清资料如凤毛麟角,所存无几。上述所录崇祯四诗,秦良玉元孙马宗大谓,是因临江熊氏家藏扇面得以存之,尚有三字竟被虫蛀去,实为惧怕文字狱而"缺"之。(见本节附记:《崇祯帝赐秦良玉诗"阙三字"的分析》)秦良玉的后嗣因惧怕此而触犯当朝,故对秦良玉抗清事迹讳而不言,至于《明史》则被清张廷玉"修"改之后,也缺而不书了。

上述崇祯所赐秦良玉大红锦袍至今尚存,CCTV-4中央电视台于 2014 年 6 月 18 日《国宝档案》节目专门做过介绍,现藏于重庆三峡博物馆为国家一级文物。锦袍"火凤凰"图案(见图七)曾被作为奥运"火炬手"上衣图案所采用。

## 二、与叛军作战

1. 秦良玉二十六岁时开始带兵打仗,首次是平定由播州(遵义)宣慰使杨应龙发动的叛乱战争。

二十有八年(1600)春,石砫宣抚马千乘及妻秦良玉破贼于邓坎。正月朔二日,官军宴饮,良玉料敌必乘间,与千乘严备,令其"下解甲韬戈者,斩!"是夜,贼五道并进,诸营惊溃,唯石砫兵奋击,一夜破金筑等七寨。黎明抵桑木关,号天险,官军不能上,石砫兵钩连上山，出关后破之。功第一。……

（《秦良玉史料集成》页四二引自《蜀龟鉴》卷首页四）

2. 天启元年（1621），秦良玉从辽东抗清战场回石砫第二天，永宁宣抚使奢崇明谋反，秦良玉奉命，立即加入到了这次战斗中。

抵家甫一日，忠州胡平表奔告蔺贼之变。蔺贼奢崇明、奢寅陷内江、新都等县，进围成都，其党樊龙、张彤据重庆，杀巡抚徐可求及文武官弁五十余人，川中大震。贼因石砫兵强，遣樊定邦赍金结援，良玉开辕见使，使献多金，将进说词，良玉怒骂曰："贼奴敢以逆言污吾耳？我兵将发，即以奴首祭大纛。"立斩之。出其金尽犒三军，欢声如雷。……

（《秦良玉史料集成》页一六八引自《石砫厅志·承袭志》页二〇-二一）

## 三、参加过三次与农民军的战争

第一次是崇祯七年（1634），陕西义军在夔州被秦良玉阻击而退走湖广。第二次是崇祯十三年（1640）与罗汝才农民军的战斗，致农民军三万人溃散略尽，获得大胜。祥麟之殉襄阳也，先与其母书言："儿誓与城存亡，愿大人勿以儿为念。"秦良玉批其旁曰："好！好！

真吾儿。"其书于《中国民族女英雄传记》作者写作时尚见存。其间秦良玉子马祥麟战死。第三次是崇祯十七年(1644)与张献忠军骑数十万大军作战,终因"寡不敌众"败归石砫。由于秦良玉三次与农民军的战争,给她留下了不太光彩的一页。当然这是和当时的时代背景分不开的。顺治三年(1646)八月,南明隆武政权赐秦良玉"太子太保"爵,封"忠贞侯"。两年后的 1648 年秦良玉去世,享年七十五。

综观秦良玉的一生是从事战争的一生,是忠于明王朝而战斗的一生,被崇祯帝称之为"露宿风餐誓不辞,饮将鲜血代胭脂"的天生奇女子,在我国历史上留下了浓墨重彩的一页。秦良玉也是我国历史上唯一被编入正史(《明史》卷二百七十列传第一百五十八)的女将军。《南明史》卷七十四列传第五十、《中国人名大辞典》页八二七和 2009 年版《辞海》页一八一八,都有秦良玉名录的记载。入清之后,张廷玉在重修《明史》时也无法将她的名字从卷中抹去,而对其抗清内容作了删改。尽管她是一位抗清女英雄,但是在清代,甚至是在清为官的儒臣和明代遗民,对她的民族气节还是十分敬佩的,如清乾隆时,文史学家兼军事家赵翼就为她撰写了《秦良玉锦袍歌》,其内容丰富含蓄,褒扬之至。为其英雄事迹吟诗的还有张问陶、沈德潜、沈钦圻、陶澍、钱枚、秋瑾、刘文治等名家。特别是近代大文豪郭沫若于 1962 年 7 月 31 日在对《四川日报》的信中,对秦良玉给予了很高的评价。他在题《赵一曼》诗中说:"蜀中巾帼富英雄,石柱犹存良玉踪。"并赞扬秦良玉:"像她这样不怕死、不爱钱的一位女将,在历史上毕竟是很少见的。" (《秦良玉史料集成》代序《关于秦良玉的问题》页一、五)

清末女英烈秋瑾在《题芝龛记》诗曰:

……

结束戎妆貌出奇,个人如玉锦驼骑。

同心两女肩朝事,多少男儿首自低。


肉食朝臣尽素餐,精忠报国赖红颜。

壮哉奇女谈军事,鼎足当年花木兰。

(《秦良玉史料集成》页三四一

《秋瑾〈题芝龛记〉》,引自《秋瑾集》页五五)


据秦良玉史料介绍,清初康熙年间,素与江宁织造曹家交好的文坛名士毛奇龄(字西河),为之撰写过《秦良玉传》(《秦良玉史料集成》页五引自《秦氏家乘》卷十一页一一三),之后在民国时期由文公直为之撰写过《秦良玉演义》(中国书店 1988 年影印 1933 年版),四十年代还拍过一部《秦良玉》的电影。

# ［附记］ 崇祯帝赐秦良玉诗"阙三字"的分析

《庄烈愍皇帝赐秦良玉四诗》的第四首第一句"凭将箕帚"之后"作蝥弧"，此三字唯见《石砫厅志·承袭志》所载。秦良玉元孙马宗大所撰写的《重镌明庄烈帝赐先太保诗章后记》中曰："其第四章首句蠹蚀三字"，故于碑上阙失。到了近代，郭沫若将此三字补填为"扫虏胡"。(《秦良玉史料集成》代序《关于秦良玉的问题》页二)

按照上述情况分析，可不难看出，郭沫若所填补的三个字是基本确当的。《石砫厅志·承袭志》的三字，首字为"作"和尾词用"弧"，似不通顺，但只要细读便可知此录显然是为了避免用"胡"字而书写成谐音"弧"字。这是让人很好理解的，但中间的"蝥"字同"蟊"，为"蝥贼"之意，比喻危害国家和人民的人。《左传·成公十三年》："又欲阙剪我公室，倾覆我社稷，师尔蝥贼，以来荡摇我边疆。"(《古汉语字典》页二〇二)

由此看来，秦良玉的元孙马宗大在《重镌明庄烈帝赐先太保诗章后记》所言，说诗文因兵焚散失，扇面三字被虫蛀了，其实主要原因还是在于惧怕当时乾隆之文字狱，看来他是既想刻碑立传，又要想保存好原件，并将文字公之于众而想出来的两全其美的办法。

故以笔者分析，崇祯帝诗中三字的原文应该是"扫蝥胡"。以上分析妥当与否，祈方家指教。

# 第三章　曹氏家族的起源及盛世探索

## 第一节　曹雪芹的天祖曹世选或高祖曹振彦正是同在辽东战场与秦良玉作战的后金正白旗包衣

关于曹雪芹的天祖曹世选、高祖曹振彦在东北战场作战情况，可以从下面的历史信息参考查证。

1.《八旗满洲氏族通谱》卷七十四：

曹锡远，正白旗包衣人，世居沈阳地方，来归年份无考。

（《曹雪芹家世新考》页八四）

2.《曹玺传》，康熙二十三年未刊稿本《江宁府志》卷十七：

曹玺，字完璧，宋枢密武惠王裔也。及王父宝宦沈阳，遂家焉。

（下略）

（《曹雪芹家世新考》页八四）

3.《曹玺传》，唐开陶等纂修康熙六十年刊《上元县志》卷十六：

曹玺，字完璧。其先出自宋枢密武惠王彬后。著籍襄平。大父

世选,令沈阳有声。世选生振彦。（下略）（《曹雪芹家世新考》页八五）

4.《大金喇嘛法师宝记》碑。（碑文略）

（《曹雪芹家世新考》页八七、八八）

此碑立于辽阳,襄平西关西门外,碑立于天聪四年（1630）。碑阴题名"教官"有曹振彦。原碑藏辽阳市文物管理所。

5.《重建玉皇庙碑记》碑。（碑文略）

（《曹雪芹家世新考》页八八-九一）

此碑共有三块,一为天聪四年（1630）《重建玉皇庙碑记》,又一为乾隆二十七年壬午（1762）《重修玉皇庙碑记》,另一为咸丰元年（1851）《重建玉皇庙碑记》。其中天聪四年的碑阴题名"致政"有曹振彦。原碑藏辽阳市文物管理所。

6.《清太宗实录》卷十八:

天聪八年（1634）甲戌,墨尔根戴青贝勒多尔衮属下,旗鼓牛录章京曹振彦,因有功,加半个前程。 （《曹雪芹家世新考》页九一）

7. 康熙六年（1667）十一月二十六日以"覃恩"诰赠曹世选资政大夫,妣氏张夫人。（诰命原件今藏北京大学图书馆）

诰命全文云:

奉天承运皇帝制曰:恩彰下逮,勉笃裴于群寮;家有贻谋,本恩勤于大父;用溯源流之至,爰推纶綍之荣。尔曹世选:乃驻扎江南织造郎中加一级曹玺之祖父——植德不替,佑启后人:绵及乃孙,丕彰鸿绪;休贻大父,聿观世泽。兹以覃恩,赠尔为资政大夫,驻扎江南织造郎中加一级,锡之诰命。於戏! 垂裕孙谋,已沐优渥之典;崇褒祖德,用邀锡类之仁。贻厥奕祚,佩此新纶。

制曰:一代褒功,劝酬示后;再世承恩,崇奖及老。绩既懋于公家,宠宜追于王母。尔驻扎江南织造郎中加一级曹玺祖母张氏:尔有慈谋,裕及后昆;念兹称职,端由壶教。爰锡褒仪之贵,用昭种德之勤,兹以覃恩,赠尔为夫人。於戏! 溯其家法,爰劳既殚先图;贲乃国章,昌融益开来绪。永期丕赞,用席隆麻!

康熙六年十一月二十六日

(《曹雪芹家世新考》页八五)

8. 康熙十四年(1675)十二月,以"覃恩"诰赠曹锡远光禄大夫江宁织造三品郎中加四级,妻张氏一品夫人。

诰命全文云:

奉天承运皇帝制曰:贻厥孙谋,忠荩识世传之泽;绳其祖武,恩荣昭上逮之休。忠厚之道攸存,激劝之典斯在。尔曹锡远,乃江宁织造三品郎中加四级曹熙(玺)之祖父,尔有贻谋,以启乃孙，传至再世，克勤王家，襃宠之恩，宜及大父。兹以覃恩，赠尔为光禄大夫江宁织造三品郎中加四级，锡之诰命。於戏！再世而昌，无忘贻德之报；崇阶特晋，用昭宠锡之恩。奕代垂休，九原如在。

　　制曰：孝子之念王母，情无异于慈怙；兴朝之奖劳臣，恩并隆于祖烈。爰沛弛封之命，用慰报本之怀。尔江宁织造三品郎中加四级曹熙（玺）祖母张氏，尔有贻恩，迨于再世，乃孙袭庆，绩懋国家；嘉尔淑仪，宜锡襃宠。兹以覃恩，赠尔为一品夫人。於戏！章服式贲，沛介锡于大母；纶绰宠颁，保昌隆于百祀。永承家庆，以妥幽灵。

康熙十四年十二月十四日

（《曹雪芹家世新考》页八五、八六）

　　从上述八则现存历史档案可见，曹世选又名曹锡远，确为正白旗包衣人。所谓"包衣人"，是明汉军职人员被后金所俘之后编为奴隶的称谓。《清会典》："内务府，掌包衣上三旗之政。"按：包衣，满洲语奴仆之义。清未入关前，凡所获各部俘虏，均编为包衣，分属八旗。属上三旗者隶内务府，充骁骑、护军、前锋等营兵卒。属下五旗者分隶王府。皆世仆也。

　　《大金喇嘛法师宝记》碑的碑阴刻有曹振彦"教官"职务的记载，

《重建玉皇庙碑记》的碑阴题名有曹振彦"致政"职务的记载。这两块碑都是立于天聪四年（1630），之后，天聪八年（1634）甲戌，曹振彦已是多尔衮部下的"旗鼓牛录章京"职务了。从这些文字记载，可证曹世选、曹振彦父子归旗的时间确实很早。

冯其庸先生在二十世纪八十年代考证曹家自明初即已移居辽东，至锡远时代世代从军，已历二百五十年。"旗鼓牛录章京"的"旗鼓"者在清福格《听雨丛谈》卷一的解释是"盖久家朔方者也"，可见曹振彦确是久居辽东的"久家朔方者"。而"牛录章京"则是带领三百人队伍的首领职务。由此冯先生以为，曹家归旗的时间估计应在天命六年（1621），也就是说在天命六年的沈辽战争中，曹家父子被俘而归旗的可能性较大，并认为曹振彦能在天聪八年已任"牛录章京"，可以得出他的资历之老、归旗之早、满化程度之深的结论。

之后有学者考证以为，当时包衣人的唯一出路是当兵，立有战功，才能授得官职。但是在后金时期的包衣人要升到"牛录章京"的职务，实非一件容易的事，能达到这个职务已经是顶天之职，并且是鹤立鸡群了。因为从包衣奴隶成为"牛录章京"绝不是三年五载可以做到的事，有证据说明后金时期汉人包衣归降者的升职是极其困难的。如开原人吴裕于天命四年（1619）归降后金，他至死仍为备御，备御之职亦相当于"牛录章京"之职。又吴世俊，亦为开原人，在天命四年归降后金，到崇德五年（1640）在锦州战死，虽经历二十余年仍在原职佐领兼参领。因此从一个包衣奴隶,要经过"兵士""领催或章京""骁骑校"至"牛录章京"四个台阶,这就印证了两个要点:第一,表明归旗的时间十分之早;第二,表明参加过多次战役,立过很多战功,特别是从天命三年(1618)至天聪四年(1630)间,后金对明发起过三次大的战役,即天命四年(1619)攻取开原、铁岭;天命六年(1621)攻取沈阳、辽阳;天命七年(1622)攻取辽西诸城。据此分析,曹世选、曹振彦父子应是在天命三年(1618)五月被俘成包衣。

由上述分析,曹世选父子应是在天命三年(1618)至六年(1621)间被俘入旗的。但是立了什么功,能如此快地成为"牛录章京",因无文献记载,尚无从查考。特别是有关曹世选的史料记载更少,但从之后康熙六年及十四年的二次诰命中朝廷对他的褒奖之言,可以看出曹世选一定立有重要军功,故在诰命中多次称之"尔有贻谋,以启乃孙"。笔者为此查阅了后金建元天命(1616)至崇祯间在辽东战场的主要战役纪年,特别是努尔哈赤进攻辽东各地时和明军对峙的相关史料。现将其主要战役及有关史料记载摘录如下。


1.《明季北略》卷一:

万历四十四年丙辰(1616),努尔哈赤号后金国汗,建元天命(1616),指中国为南朝,黄衣称"朕",是为清之太祖,清朝建元实自此岁始。然是时犹称后金,后改大清,兹姑从纂编所记。清太祖登极凡十一年，至天启六年(1626)丙寅八月初十日止。

2.《国榷》卷八十三：

万历四十六年(1618)(天命三年)四月甲辰，建州卫都督努尔哈赤陷抚顺城。先期来市貂参，云明日千人来为大市，诘朝果至，伏兵车中，诱军民出市，突入城杀掠。中军千总王命印，把总王学道、唐钥死之，游击李永芳、中军赵一鹤降，得我兵五百九十八人。

3.《清实录·太祖高皇帝实录》卷六：

(天命四年二月)(1619)(万历四十七年)是月，明万历帝以我国兵势日盛，惧为彼国患，将逞志于我，集大兵来攻。以山海关总兵杜松、赵梦麟，保定总兵王宣，辽阳总兵刘綎，辽东总兵李如柏，开铁总兵马林，辽阳副将贺世贤，大同副将麻岩，广宁道张铨，海盖道康应乾，辽阳道阎鸣泰，开原道潘宗颜统兵二十万至辽东，经略杨镐遣我国逃卒赍书来，以军期告，号大兵四十七万，于三月十有五日，乘月明时分路进发。

此次战役，山海关总兵杜松这一路兵马实力最强。杜松兵先至浑河之壅沙上流，后金兵则伏兵于山下，当杜松兵越过五岭关，渡过浑河，在焚克两寨时被后金伏兵中间拦腰截断为二。其时杜兵由于枪炮还未来得及渡河，两军在沙水决战，杜松兵又以山头驻兵，此时后金伏兵又在林间尽起,杜松经奋力血战而突围,后金兵追之,自是中午一直到傍晚,后金兵终获大胜,杜松、赵梦麟战死,此役大败而告终。

开铁总兵马林一路从三盆出,抵二道关,夜间闻得杜松兵败,已是胆战心惊之至,还未交战,即带领部队退却,金兵趁胜追击,死者不计其数,开原道潘宗颜、董尔砺战死。

辽阳总兵刘绖一路出马家寨,深入三百余里,克十余寨,此时杜松兵已败,但后金兵却以假松兵旗号于刘寨前驰报,邀刘合战,刘不知是计,开启营门,后金兵直冲营内,刘绖兵一败涂地,刘绖亦在此次战斗中阵亡。

唯辽东总兵李如柏一路由于在清河获令中道撤兵,未虏而还,兵师完整而归。

(以上据《清入关前史料选辑》[第一辑]摘要解读)

之后《山中闻见录》卷二曾评价此次战役:"是役也,将吏死者三百余,丧师四万五千八百,马驼骡三万,为数百年未有之失衄。"

后金军因这次战役的重大胜利,而奠定了清政权之后入关统一中国的战略格局。乾隆为此曾于四十三年,御制了一册名为《御制萨尔浒山之战事书》。此书详细记述了这次战役清军大获全胜的实况,并将其置放于由纯黄金宝石制成的书册盒内保藏。此种包装方式据说是内府仅此无二的包装,可见乾隆为褒赞先祖努尔哈赤的建业功绩的重视程度。据悉此宝册现藏于北京故宫。

4.《明实录·神宗万历实录》卷五八四：

（万历四十七年）（1619）（天命四年）太子太保兵部尚书黄嘉善题："二十六日申时，接经略杨镐塘报称：'奴兵六、七万，十六日陷开原，十九日西虏三万攻围镇西堡，未退，铁岭、沈阳两城人民俱思逃避。'"

5.《山中闻见录》卷二：

（万历四十七年）（1619）（天命四年）建兵至铁岭，急攻城，逾时陷。文鼎弃城走，遂屠铁岭，杀官民二万人，焚卫所廨舍军资仓库，掠车马骡畜数万计。

6.《明实录·神宗万历实录》卷五八五：

（万历四十七年八月）（1619）（天命四年）辽东经略熊廷弼题："自逆贼降抚顺、克清河、败三路，已骄锐不可言，时犹恐关西大发援兵，未敢轻自出巢。及开原、铁岭不战自下，懿蒲辽沈不攻自逃，而谋夺辽沈之计决矣。虽有总兵李如桢（孙按：李如柏之弟）等专守沈阳，帮以河西李光荣之兵共有万计，而堪战者不过一二千人，……将领中军千把总等官，俱贼杀尽，各兵无人统领。辽至今日直可谓之无兵。"

7.《国榷》卷八十三：

（万历四十七年）（1619）十一月戊子，兵部左侍郎杨应聘请调湖广永顺宣慰司兵八千人，都指挥使彭元锦领之；保靖宣慰司兵五千人，宣慰彭象乾领之；酉阳宣抚司兵四千人，宣抚冉跃龙领之；石砫宣抚司兵四千人，应袭马祥麟同秦邦屏领之，遵义参将童仲揆统焉。仍以四川副总兵陈策加援辽总兵官统各军。

8.《明实录·神宗万历实录》卷五九三：

（万历四十八年四月）（1620）辛亥，加四川石砫司援辽女官秦氏正三品服色，氏子指挥佥事马祥麟加指挥使，氏兄秦邦屏加都司佥书，弟秦民屏加守备。各职衔俱充秦氏委用。其随领官兵给银二千两，听其分别犒赏。

9.《石砫厅志·承袭志》页二〇：

泰昌时（1620），征其兵援辽。良玉遣兄弟邦屏、民屏以五千人先往，良玉携子祥麟领精卒三千继之。奏闻，赐良玉三品章服，授邦屏都司佥书，民屏守备。

10.《明史》卷二十二：

（天启元年）（1621）三月乙卯，大清兵取沈阳，总兵官尤世功、贺世贤战死。总兵官陈策、童仲揆、戚金、张名世帅诸将援辽，战于浑河，皆败没。壬戌，大清兵取辽阳，经略袁应泰等死之。巡按御史张铨被执，不屈死。

11.《蜀龟鉴》卷之七：

天启元年（1621）春正月，师渡浑河，邦屏战死，民屏负伤突围出。沈阳破，残兵奔入关。良玉闻变，与祥麟兼程进御。扼榆关，祥麟目中流矢，犹拔矢策马前进。是役诸城皆陷，关独完。兵部张鹤鸣请加优赏，赐良玉二品章服，封夫人。授祥麟指挥，民屏都司，赠邦屏都督金事。

12.《明实录·熹宗天启实录》卷一三：

女将四川石砫宣抚司掌印秦良玉奏："臣兄弟邦屏、民屏统兵援辽，浑河之战，邦屏先登杀贼，为国捐躯，族兵数百、部目千余同时战殁。凄惨天愁，乞从优叙，录兄子，大赍亡族之家，仍将在官久戍残兵尽发归臣司，以便新兵前进，臣即亲押赴关。"又言："臣自征播以来，所建之功不满所妒之口，贝锦含沙，故怨未消，新患难树，更乞天恩炯照。"兵部尚书张鹤鸣言："浑河血战，杀奴数千皆石砫、酉阳二司土兵之力。邦屏等既陷阵，秦氏先遣人来京作绵袄一千五百件给与残兵，又自押兵三千至关。上分公家之难，下复饮血之仇，更可嘉焉。宜录邦屏子，大赍死事，而与民屏实缺。至其谤口自伤，功高招忌，势有固然，自宜力为保全。断不令忠义之士，负戟长叹。"报可。

13.《明实录·熹宗天启实录》卷十：

原任太子太保兵部尚书王家乾言："……闻辽阳骑兵先溃，独川兵以步坚守死战，杀虏甚多，奴酋重购川兵，此又昔人以步破骑之明验。"

14.《明鉴纲目》卷十五：

（崇祯元年）（1628）（纲）夏四月，以崇焕督师蓟辽。［目］初，崇焕以忤魏忠贤去,忠贤既伏诛,廷臣争请召崇焕,至是进兵部尚书,督师蓟辽。

15.《明史》卷二百七十:

崇祯三年(1630)永平四城失守。良玉与翼明奉诏勤王,出家财济饷。庄烈帝优诏褒美,召见平台,赐良玉綵币羊酒,赋四诗旌其功。

16.《芝龛记》卷五:

石砫司女总兵秦良玉,万里勤王,一心卫国。自四城复后,已命归川,仍依依阙下。更遣伊侄秦翼明以万人护筑大凌河城,厥功懋焉。兹城功告竣,赐良玉锦袍一袭,玉带一围,加军功三级。伊子马祥麟已点武制科鼎甲,仍带指挥使衔,袭石砫宣慰司。均著暂驻遵永。秦翼明授松潘副总兵,先行赴任。


从上述十六则史料所显示的信息分析:自后金天命至崇祯间,努尔哈赤、皇太极的后金政权在辽东与明皇朝对峙的各重大战役中,曹世选、曹振彦父子与川兵秦良玉同一时段同在辽东战场作战;特别是天启元年(1621)正月,明皇朝为护沈阳,在万历四十七年(1619)经历了号称四十七万大军分四路进攻后金的大败之后,后金兵南驱直攻沈阳及辽阳二重镇,此时万历四十七年(1619)八月辽东经略熊廷弼题:开原、铁岭不战自下,辽沈兵能战者不过二千四五百人。在此情急之下,朝廷远调四川的秦良玉"白杆兵"参战以保卫辽东的沈辽重镇。天启元年(1621)正月沈阳围困甚急的情况下,秦邦屏、秦邦翰、秦民屏奉命前往增援,军至浑河,已闻沈阳失守,众军同仇敌忾,"白杆兵"一马当先,勇渡浑河,其间遭到后金兵四面夹攻,可见战斗之激烈,兄秦邦屏、弟秦邦翰壮烈捐躯。兵部尚书张鹤鸣谓:浑河血战,杀奴数千,首功实石砫、酉阳二司土兵之功。此时的曹世选、曹振彦父子应该是随后金兵主力南下至沈阳之南的浑河地方与秦交战了。如果按冯其庸先生的考证曹世选父子刚被俘,则亦应在这场战争中显露身手了。据上述分析,秦良玉的"白杆兵"在这一时间段开始和曹世选、曹振彦父子在辽东战场上对阵的可能性是极大的。

## 第二节　后金"重购川兵",秦贞素摽玉驱使

在沈阳失守,秦邦屏、秦邦翰捐躯的浑河血战之后,同年秦良玉亲率三千精兵,奉命镇守榆关(今山海关)。此时的山海关所处的地理位置尤其重要,是后金兵西图关内的必走要道,因此朝廷将该把守关道之重任交给了秦良玉,足见"白杆兵"在当时明辽东战场地位的重要性。由于秦良玉的严厉把守,与子祥麟一起投入到这场战斗中,《蜀龟鉴》卷七曾记载:祥麟奋勇战敌,在眼中流箭的情况下,自己拔箭后继续策马前进。可见这支兵马的英勇气概和不怕死的将士风格。其结局使得清军未能夺关西进。在后金兵西进欲夺关不能的情况下,原任太子太保兵部尚书王家乾曾言:"闻辽阳骑兵先溃,独川兵

以步坚守死战,杀虏甚多,奴酋重购川兵,此又昔人以步破骑之明验。"这足以表明当时后金政权用"重购"之法是劝降敌方惯用的伎俩,而当时身为"川兵总兵"之一的秦良玉,一定是其"重购"的对象了。只是这一"重购川兵"秦良玉的史实,入清之后被清王朝看来并非光彩之举,最终在清康、雍、乾三代帝王的文字大清扫运动中尽被抹去,仅乾隆帝在他自己的御制诗《玉如意》中留下了字证。他用"禅德亦留吟",来表彰其先祖之宽宏大德,同时透露了"击处珊瑚碎","贞素摽琼质",还原了这件"凤毛麟角"仅存片字的历史事实。

至于后金政权努尔哈赤"重购川兵"去秦良玉帐下,又是用什么财物去"重购"的呢?答案十分清楚:肯定是用这一件从大明帝国掠夺或者进贡而来的"玉如意"去劝降秦良玉,因为"如意"在那时的当权者看来,既有"如意"又有"吉祥",而且还有"指挥"的寓意。当然除此之外,还可能带上一些金银珠宝和劝降文书之类。由于没有文字依据,这只能是猜测而已。而乾隆在诗中又用了"握君曾得号",其中这个"号"再清楚不过地告诉读者,这件玉如意所负有的"重要历史使命"是用来劝降秦贞素的。

接下来还是乾隆告诉我们:"击处珊瑚碎","贞素摽琼质"。这再一次清楚地传达了这柄玉如意,是遭到了秦良玉的怒击而断裂的事件经过。笔者以为,这个"处"字有"使得"和"位置"即"部位"的二重意思,这与秦良玉手握如意之柄,敲击如意之五花瓣头于坚实处所断所致;也就是说,乾隆在写这句诗所要表述的是这件玉如意被贞素摽击而断碎的。而"贞素摽琼质"的"质"字,也很明显,诉述的是"使者"。那么当时的场景又是怎样的呢,答案也十分清楚,使者亦被"摽"之,被驱赶出了秦良玉的军帐。

秦良玉处置这一历史事件的做法,是完全符合她一生"忠"于大明王朝的军事处事风格的。下面的一件事也可以佐证这个事件发生的必然性。《南明史》记载:"秦良玉自天启元年(1621)自京回蜀,逆贼奢崇明围成都,陷重庆川中大震,诸土司皆贪崇明赂,逗留,独良玉斩使焚书。"可以证实她在军事上处事的果断和不被钱财所贿赂的风格。近代郭沫若对秦良玉的总的评价是:"像她这样不怕死、不爱钱的一位女将,在历史上毕竟是很少见的。"

（《郭沫若全集·历史编》第三卷,页五五〇-五五四）

今天,我们完全可以通过乾隆所写的诗文,还原秦良玉当时后金政权欲向她重购而换来的"摽琼"又"驱人质使者"的场景了。既有文字为证,又由乾隆出言,故可以认为是确凿无疑的事实。


## 第三节　赵翼题咏《秦良玉锦袍歌》将秦良玉、
## 　　　　魏忠贤和曹家联系在了一起

上一节分析证实了明末抗清"忠烈"女英雄秦良玉"摽琼驱质"的

历史事实,所摽之"琼"是一件玉如意已毫无疑问;但是"质"者为何人,成了笔者多年来追索的问题。

近年来,看《中国民族女英雄传记》一书,无意中读到清乾隆年间,由史学家、文学家兼军事家赵翼所撰写的一首题咏诗《秦良玉锦袍歌》(页二六-二七),经仔细读之和入味辨之,不禁大呼:在文字狱盛极的乾隆时期,身为一名清廷的在职官员,竟然敢于为一位抗清而"忠烈"于明朝的女将军大为歌功颂德,殊为惊讶。其诗曰:

(1) 卸了罗襦缚袴褶,提兵累赴疆场急,

(2) 战袍裂尽锦袍存,犹带当年泪痕湿。

(3) 召对平台拜赐时,为旌健妇胜须眉。

(4) 五色绣成宫女线,九张机织尚方丝。

(5) 可怜此赐非轻得,历历忠勋九重识,

(6) 奢安军变定川南,遵永城亡趋直北,

(7) 世间有此女英雄,授以男官总兵职。

(8) 俄惊烽火满夔巫,东荡西驰更剿贼,

(9) 扑面尘沙当粉涂,满头蓬葆临风栉,

(10) 纵有罗纨岂暇披,甲裳血污淋漓赤。

(11) 百战山河到夕曛,茫茫浩劫寒妖氛,

(12) 高牙大纛皆巾帼,翻仗创残娘子军。

（13）陆谷迁移成一梦，廿年心力堪悲痛，

（14）一丸泥遂闭函关，千树桃仍卷秦洞，

（15）老寮宁将瑟再弹，故侯自有瓜堪种。

（16）此袍犹是旧君恩，盥手开缄时一恸，

（17）什袭收藏付后人，扶南犀杖泣亡陈。

（18）敢论衲服黄金甲，聊返初衣白氎巾，

（19）遗笏魏家先世泽，传衣曹洞昔时珍。

（20）陋他谯国高凉冼，锦伞重夸岭外巡。


　　看完这首长达二十副共四十句的长诗后，感到咏的何止是锦袍，分明是一首"秦良玉一生事迹的诔文"。

　　赵翼在这篇"诔秦文"的长诗中，褒扬了秦良玉从"卸去罗衫裙，提兵累赴疆"。至崇祯召见平台拜诗，赐锦袍，直至平定奢崇明，以及遵永之城破亡，直趋辽东战场的英雄事迹。并赞叹曰："世间有此女英雄，授以男官总兵职。"用"满夔巫"来形容当时明王朝摇摇欲坠的情势，歌颂秦良玉能"甲裳血污淋漓赤"，"一丸泥遂闭函关"，给予秦良玉的抗清保明的民族忠贞气节以高度赞扬。

　　第十六副诗曰："此袍犹是旧君恩，盥手开缄时一恸。"作者通过这副诗句，首先向读者诉述了"这件锦袍是旧君崇祯皇帝恩赐给秦良玉的赏赐之物"。下句"盥手开缄时一恸"则是表述，出示此袍给赵翼

欣赏之前,是经过洗手礼之后才打开保藏锦袍的匣子,可见"出示此袍"是何等地庄严而重要的一件大事。在此情景下,赵翼感慨万千,题咏了这首《秦良玉锦袍歌》。

第十七副诗用"什袭收藏付后人",向读者说清了:"此锦袍等什物付之于家族后人世袭收藏下去"。至此,已将"袍什"的去向交待清楚了。

接下来是"扶南犀杖泣亡陈"和第二十副第一句"陋他谯国高凉冼",以此两句相应唱和。所谓"谯国高凉冼",作者运用了《隋书·谯国夫人传》的典故:樵国夫人者,高凉·冼氏谯国公之妇,南朝隋初,世为首领,是当时平乱之著名女将,曾扶南杖而泣陈亡。赵翼该诗,第十七副下句则明喻崇祯殁于煤山,明亡,秦良玉曾向北号啕拜哭之举,以此诗句歌颂秦良玉对大明的忠贞不渝。

第十八副诗则以"敢论袄服黄金甲",又回到了当初秦良玉所带领的"白杆兵"在辽东英勇作战的场面。白甄,为白色棉布制品之称。

接下来,我们要研究探索这首诗中特别重要的第十九副诗句:"遗笏魏家先世泽,传衣曹洞昔时珍。"

本书前面介绍过崇祯三年(1630),崇祯帝曾亲自召见秦良玉于平台,赐诗四首,赐綵币羊酒。之后,良玉遣侄秦翼明以万人护筑大凌河城有功,兹城告竣后,崇祯帝又赐秦良玉锦袍一袭,玉带一围,加军功三级。

笔者起初在阅读这一诗句时,以为"玉带先为魏家所世泽",经再三思考,并细加辨味,发觉其中"文中有文"。此副联的上句是:"遗笏魏家先世泽",主语是"笏",因此有必要先了解这个"笏"字。在汉文字典籍及《辞源》中解读"笏",应为玉、象牙或竹片制成的原用于官员上朝用的狭长形"手板"。官员在上朝时将所奏之事记录于此"笏"上面,以作备忘。其特征,硬挺稍有弯度之形,使用时则双手合抱以示对圣上的尊敬。据故宫博物院和常熟博物馆多处文物单位介绍:"如意起源于我们日常生活中俗称'不求人'的搔背工具。最早的如意,柄端作手指之形,以示手所不能至,搔之可如意,故称'如意',俗称'不求人'。"清《事物异名录》云:"如意者,古之爪杖也。"我国古代有"搔杖"(如今叫"痒痒挠"),又有记事于上的"笏"(亦称"朝笏"、"手板"),如意则兼两者之用。后来,其形态发生分化,一支保留实用功能,在民间流传,另一支强调吉祥含义,向陈设珍玩演化。从故宫资料及清《事物异名录》可知,"笏"则为"如意"之异名别称了。

　　再回到诗句的"笏",如果是指"玉带"的话,我们可从古汉语解读中得到答案,因为所谓"带"即像"系佩之形,佩必有形,而从巾"。如:衣带、腰带;围绕、束缚之物称之为"带",现代汉语亦如此称之。所谓"玉带"是由很短小的玉片串接在丝织带上固定而成,故称之为"一围玉带"。按照上述分析,不难看出:"玉带一定不能被称之为'笏'。"何况在秦良玉时代的明末,官员上朝已不一定用这种笏了,笔者以为应是"如意"了。那么被赵翼所称的"遗笏"就应该解读为："当初在秦良玉帐下被遗留的玉如意了。"

接下来再分析"魏家先世泽"。这个"魏家"在明末天启时期能够得上有名的"魏家"称号，一定会让人联想到只有这位在历史上评价纷纭的宦官头目"魏忠贤"。为什么说魏忠贤会"先世泽"呢？据考证，他就是在天启时代曾经总管过明末辽东战事的宫廷要员，并经管当时辽东战争官员任职的重权，且身为江苏常州籍的赵翼对"魏"和"宦"的读音是混同不分的。笔者由此以为，赵翼所指的"魏家"应是这位大名鼎鼎的魏忠贤了。再核对纪年，崇祯元年（1628）魏忠贤已被诛，而所赐玉带已是崇祯三年（1630）的事，故可以否定玉带称"遗笏"被魏忠贤所得的可能。

至此，赵翼所指的这件"遗笏"应该就是在天启元年，后金用来"重购"劝降秦良玉而被她摽击所断的"玉如意"了。接下来"先世泽"的"先"为时间用词，相对而言为魏家首先得到，"世泽"应解读为传承的第一代。表述的是时间先后的顺序。所以"遗笏魏家先世泽"应解读为："遗笏玉如意先为魏忠贤家传承了几年"。当然被魏氏所得尚未发现有其他文字实证，故只能是看作可能性最大的一位魏家。

下一句就是"传衣曹洞昔时珍"了。"曹洞"是一个典故："曹洞"者又称"曹洞宗"，是我国佛教禅宗五家七宗之一。单"曹洞"而言，是由数代师徒传承之意。而"曹洞宗"的宗旨内涵是：在其看来，世界万物之间都存在着一种"回互"与"不回互"的关系。所谓"回互",就是指万事万物乃相互融会贯通的,虽然万物的界限脉络分明,但此中有彼,彼中有此,互相涉入,即我中有你,你中有我,不再区别彼此。"不互回"就是说万物各有自己的位次,各驻本位而不杂乱。在今日看来,是一个看待事物辩证法的哲理。

回过头来再看这组诗句的上句,主语"遗笏"系一件遗物。在时间节点上表述的是"先",去向是到了"魏家","世泽"是"传递一段时间"的意思也已经十分清楚。但是初读下句"传衣曹洞昔时珍"时,似乎可以解读为:"相传这件衣服的传承在当时十分珍惜。"但是这样的解读,给人第一感觉是上下不能贯通。经过反复阅读细辨推敲后,可以发现,如果"衣"是指锦袍的话,委实没有必要再重复称颂了,因为作者在"什袭收藏付后人"的诗句中已向读者交待清楚,何况这首诗始终称此"锦袍"为"袍"。"袍"和"衣"有着本质上的不同,否则作者完全可以用"传袍曹洞昔时珍"来吟述了。而且这下句的"传衣曹洞"的"传"字应是"相传"之意,而赵翼在第十七副诗句中讲清了在"盥手开缄"时已出示了锦袍,并交待了"什袭收藏付后人"。况且在第二副第一句诗句中已讲明:"战袍裂尽锦袍存"了。所以这个"相传"的"传"字就毫无意义了,故此也可以说明"传衣"两字绝不可能指的是"相传"这件"衣"即为锦袍。同时在时间节点上也可以说明,表述的还应该是主语"遗笏"之后的事,对应了上联的"先"。而"衣曹洞"则明显在表述这件"遗笏"是由"包衣曹家洞藏传承"的意思,这样这个"曹洞"就有了由"魏家"至"曹家"的对词,"洞"为"洞藏",也就是说这个"洞"字的词性由原来的名词转化为动词。看来作者就是这样巧妙地利用"曹洞"说的"回互"我中有你,你中有我的哲理和典故,借用到这句下联之中,可见赵翼诗词之巧妙和用心之良苦。

最后就是分析"昔时珍"了。由于"昔时"的词性应该属于时间状语,这就可以解读为:"在'当初'较早的时间。"对上了上联的时间状语"先世"。其实所谓的"昔时"应该就是"往昔"时段的意思,那么一定会有"如今"的情由来相对。再说,如果"衣"指的是锦袍的话,事实上无论是"昔时"还是"今日",这件锦袍自始至终是在石砫可能被马家子孙作为珍宝所袭藏;当洗手开盒出示锦袍给赵翼欣赏的时候,赵翼在吟这首诗时将锦袍却说成为只是"昔时珍",在情理上是说不通的。至此不能不使人联系到"遗笏"就应该是乾隆御制诗所描写的"竹化分真幻"、"挂来萝薜深"、"贞素摽琼质"的那件"玉如意"了。

分析赵翼为什么要如此隐喻这件"玉如意"做诗,其原因只要了解赵翼的生平就能清楚。他是一位乾隆时期集史学、诗文及军事才能于一身的大家,由于他精通历史,一定十分清楚明末秦良玉"摽琼驱使"的历史事件的真相和"遗笏"的来龙去脉。出于他做这首诗时还是一名朝廷命官,且又久经官场,对这件"遗笏"的前因后果及来龙去脉耳有所闻;故用"传知"之言,讲述了"昔时"已被曹家洞藏的"遗筅"如今又重易藏家了。当然他不能写明被玉痴乾隆所得,故采用了隐喻和妙语双关的手法,以此达到表里互见,明暗交错,既遮人耳目又独抒心志的目的。当然这也是诗歌常用的一种双关用语手法,借咏题《秦良玉锦袍歌》来陈述和记录这则入清之后被抹去的抗清故事和与之有关的遗物踪迹。

为此,我们有必要来了解一下赵翼的生平,知道他为什么要写实、写真这首《秦良玉锦袍歌》了。

赵翼,生于雍正五年丁未(1727),卒于嘉庆十九年甲戌(1814),为清代著名文学家、史学家。字云崧,一字耘崧,号瓯北,又号裘萼,晚号三半老人。今江苏常州人,乾隆二十六年(1761)进士,官至贵西兵备道。旋辞官,主讲安定书院,长于史学,考据精赅。论诗主"独创",反摹拟。五、七言古诗中有些作品,嘲讽理学,隐寓不满,与袁枚、张问陶人称"清代性灵派三大家"。所著《廿二史劄记》与王鸣盛《十七史商榷》、钱大昕《廿二史考异》,人称"清代三大史学名著"。据赵翼生平记载:乾隆十四年(1749)以文才受知于刑部尚书刘统勋,参与刘诓纂修《国朝宫史》。乾隆二十一年(1756)入直军机,此时正值清兵征准噶尔,军事文书繁忙,被尹文端、傅文忠所重,其扈从行在,下笔信文不加点,一切应奉文字,几乎非他不办。乾隆二十六年(1761)成进士,乾隆三十年(1765)任顺天武举主考官,乾隆三十一年(1766)任广西镇安知府,至乾隆三十四年(1769)之间曾奉特旨,赴滇筹划与缅甸的战事。

从赵翼的一生可以看出他既通晓历史,是一位史学家,同时又是一名善于作诗的文学家,还是一位军事家,集三大家于一身的传奇人物。他曾在贵州西部的川滇贵地区掌管军务,也是和举世盛名的张问陶、王鸣盛著称的清代三大史学家。有此盛名的赵翼在贵州地区任职期间,到黔西和川东南的石砫县去拜谒明末民族女英雄秦良玉的墓地,并赋诗吟诵了这首长达二十副四十句的"诔秦文"《秦良玉锦袍歌》,以表达他"汉"民族血统后代对民族英雄的赞美。通过这首长诗,赵翼精练记述了秦良玉一生的英雄事迹,同时也隐寓了秦良玉"遗笏"的遗存物证的来龙去脉,给后人研究秦良玉提供可靠的历史文字依据。

最后还要查证一下魏忠贤在天启时于辽东战场所处的角色。有史料表明,明天启朝最大的战争失利是袁应泰丢掉了辽阳,而袁应泰之所以被起用,是因为之前的督师熊廷弼遭到了当时被称之为朝廷"言官"的弹劾。自辽阳失陷后,天启朝熹宗委派了魏忠贤去查办许多当初弹劾熊廷弼的文官,而且又重新启用了熊廷弼为兵部尚书。之后熊廷弼又因受到王化贞案子牵连被杀,魏忠贤又接连起用赵南星为兵部尚书,起用孙承宗为兵部左侍郎,并重修关宁防线。魏忠贤从天启元年(1621)至天启四年主政辽东战场期间,实际上他是明廷在辽东战场的"最高当权者"。这与"遗笏玉如意"被秦良玉在辽东战场上被"摽",时间节点上是吻合的。至于此柄如意是怎样为魏所得，未见文字，"魏家先世泽"的"魏家"如果确为魏忠贤的话，那么赵翼诉述的史实就应是较为可靠的文字旁证。因此"诔秦文"所提示"遗笏"的传承信息，已将"玉如意"和秦良玉、魏忠贤，以及"包衣"曹家紧紧地联系在一起了。

## 第四节　后金政权出使秦良玉帐下的使者应是曹世选或曹振彦之一

对于出使秦良玉帐下的使者倒底是哪一位，在笔者的脑海里经过了多年的思考与探索，逐步对"贞素摽琼质"的史实形成了一个基本的轮廓，只是使者是谁一直是个谜。笔者并非专业考古人员，但是知道仅靠分析和推理来还原一个重大的历史事件是远远不够的，还必须重证据，也就是专业人士通常所讲的"考古，考故，无证不信"。

近年来，笔者通过赵翼的《秦良玉锦袍歌》诗文及"传衣曹洞昔时珍"之隐寓诗句受到启发，认为当时身份为包衣的曹世选、曹振彦父子是出使"重购川兵"秦良玉的最佳使者。理由是什么呢？会是曹世选还是曹振彦呢？能胜任这个角色一定要具备的条件是：第一，应是一位汉人归属后金者，以便语言相通；第二，应有相当的应对应答能力和一定的资历和阅历；第三，风险极大，因为是一件提着脑袋的极度危险的差事。作为使者,必须要有不怕死的勇士气概,还要有随机应变的谋略能力,俗称"老谋深算",才能完成此项差使。

由于曹世选所遗存的文字资料极少,仅从下列二则县地方志中寻找到曹世选的点滴信息。

一、康熙二十三年《江宁府志》卷十七载:

> 曹玺,字完璧,宋枢密武惠王裔也。及王父宝宦沈阳,遂家焉。父振彦,从入关,仕至浙江盐法道……

(《曹雪芹家世新考》页九六引自康熙二十三年未刊稿本《江宁府志》卷十七)

这则府志的成稿时间是康熙二十三年(1684),此时正值曹玺刚亡,其子曹寅继任江宁织造之时所报修的内容。这则府志文字告诉读者:曹玺,字完璧,是宋枢密武惠王后裔,其祖父曹世选,名"宝"做仆隶(包衣)于沈阳,于是就在家(养老)了。曹玺父振彦则是跟随多尔衮从军入关,后改文职,官至浙江盐法道。对于这个"宦"字,从《辞源》解释可用于"官",亦可用于"仆隶"。在《国语·越语下》:"'(越王)与范蠡人宦于吴'的'宦'字应为'仆隶'之意",其意应与"宝宦沈阳"相同。

二、康熙六十年刊《上元县志》卷十六载:

> 曹玺,字完璧。其先出自宋枢密武惠王彬后。著籍襄平。大父世选,令沈阳有声。世选生振彦,初,扈从入关,累迁

浙江盐法参议使⋯⋯

（《曹雪芹家世新考》页九七引自康熙六十年刊《上元县志》卷十六）

  这《上元县志》要比上述《江宁府志》晚了三十七年，也就是说"曹玺传"是到了曹𫖯时代修的志。两则志文粗略看起来，似乎差别不大，但仔细阅读，《上元县志》的文字比《江宁府志》的用词更为严谨。《上元县志》应解读为：曹玺，字完璧，其出自宋枢密武惠王之后裔，籍贯是辽东襄平（今辽阳）地区，先祖世选，康熙二次诰命都称世选为"大父"。其中这个"令"字可有两种解读：一是"官职"，但据冯其庸先生经过对其仔细查证，认为："凡是明朝的降将降官，在《清实录》里一般都有详细的记载，但独不见曹锡远。故认为很可能是传文作者的溢美之词，也许曹锡远当时沈阳任有一定职务，但职位不会很高。"二是"使得"的意思，可以理解为"使得他在沈阳地方十分有声誉"。世选生振彦，清初，随军入关，数次转调任浙江盐法参议使。笔者以为，《上元县志》的志稿应是曹𫖯时所撰写，里面记述了一个十分重要的信息"令沈阳有声"。什么事情使得曹世选在沈阳有声呢？我想可以肯定的是，对"清"有功的一些事或者有特别重要的事，方能使他在沈阳地方有声。至于什么事，曹家因为对其有独特的环境、时间、地点或政治等原因，其后代在供稿时不便实言道出，故只能由读者来思考了，但是可以排除曹家绝不会在文字狱盛行的清代，用此节文字来褒赞曹世选在明代时做官有声的。

三、康熙朝时有二件给曹家的诰命,褒赞曹世选(详见本章第一节):

1. 康熙六年(1667)十一月二十六日"覃恩"诰赠曹世选资政大夫,姒氏张夫人。诰命一件。

(《曹雪芹家世新考》页八五)

诰命的主要内容是表彰曹世选的德谋,曰:"勉笃棐于群寮。家有贻谋……用溯源流之至……植德不替,佑启后人。"并制曰:"一代褒功,劝酹示后;再世承恩,崇奖及老。"以歌颂褒奖曹世选"德谋"之功,以传承于后辈。(其中"勉笃棐于群寮"的意思是:"其军弓技艺厚于同僚。")

2. 康熙朝十四年(1675)十二月"覃恩"诰赠曹锡远光禄大夫江宁职造三品郎中加四级,妻张氏一品夫人。

(《曹雪芹家世新考》页八五)

诰命的主要内容是表彰曹锡远:"贻厥孙谋,忠荩识世传之泽。"并曰:"尔有贻谋,以启乃孙,传至再世,克勤王家,褒宠之恩,宜及大父……永承家庆,以妥幽灵。"从这则诰命可以看出,此时曹世选已故,康熙为追思再次表彰曹世选,两次用了"贻谋"之词,赞扬世选留给了子孙之"尽忠"传承褒奖之语,同时也是为曹玺任江宁织造三品郎中加四级的任命。上述两则诰命清楚地显示,曹世选对清应是立有功的,故"令沈阳有声",并且评价世选的忠德有贻谋。当然,这"贻谋"之词经常被皇家用来嘉奖臣子,然而这两次诰命中多处不厌其烦地用"贻谋"来褒扬一位"无功"包衣是不太可能的。

综上所述,笔者以为结合本章所述的前因后果,这位使者极有可能就是曹世选,因为他最符合出使条件,在生死危难之际,父为子行是禅德留吟为人理解之事,而且其子曹振彦出使秦帐的可能性也不是没有。按照本章第一节所分析的曹振彦从天命初年被俘归旗,至天聪八年已经是"牛录章京",从一个普通"包衣"奴隶升至"牛录章京",在很短时间能上升四个台阶,说明他在这段时间里一定立了不少的功,可能还是立了大功,因此也委实不能排除曹振彦为使者的可能性。结合赵翼的《秦良玉锦袍歌》的诗证,及本书所阐述的前因后果,笔者以为,出使秦良玉帐下的使者应是曹世选父子之一;究竟是父还是子,期待日后能有文字实证资料的发现来进一步论证。

## 第五节　曹世选、曹振彦时期与皇家的关系

上一节写到了曹世选、曹振彦父子约在天命初年,从一个被俘的包衣,通过自身不懈的努力,也许甚至冒死当差,以逐步换得后金政权的重视和赏识以至于信任,成为正白旗中小有声望的军职人员,曹世选且成了当时"令沈阳有声"的著名人士。由于曹世选自身努力的

立功表现,在之后康熙对他的评价是忠和有德谋,因此大加褒奖,且制曰"再世承恩,崇奖及老"。也就是说:曹世选可能留在沈阳养老而未随其子从军入关了。从现存曹世选的文字资料除了上述的《江宁府志》《上元县志》和两次诰命有皇家对他的评价,可以说真的是凤毛麟角,仅此而已了。

然而关于曹振彦的文字记载却有不少,主要如下:

1. 天聪四年(1630)"钦差督理工程驸马佟养性"立于辽阳的《大金喇嘛法师宝记》碑的碑阴题名:"教官",有曹振彦名可稽。

(《曹雪芹家世新考》页八八)

2. 天聪四年(1630)辽阳玉皇庙《重建玉皇庙碑记》之碑阴题名:"致政",有曹振彦名可稽。(《曹雪芹家世新考》页九○)

3. 《清太宗实录》卷十八,天聪八年(1634)甲戌:"墨尔根戴青贝勒多尔衮属下,旗鼓牛录章京曹振彦,因有功,加半个前程。"

(《曹雪芹家世新考》页九一)

4. 顺治八年(1651)八月二十一日,以"覃恩"诰授曹振彦奉直大夫,妻袁氏宜人。此诰命(藏北京大学图书馆)评价曹振彦:"慎以持躬,敏以莅事;俾司州牧,奉职无愆;官常彰廉谨之声,吏治著循良之誉。"

(《曹雪芹家世新考》页九一)

意即做官谨慎持躬,且敏以莅事,使得每一州官,奉职不敢所愆,在任期间廉洁谨慎之声望,受到众吏称誉。

5.《清世祖实录》卷九十三,顺治十二年(1655)乙未:"……山西阳和府知府曹振彦为两浙都转运盐使司运使。"(下略)

(《曹雪芹家世新考》页九一)

6. 康熙十四年(1675)十二月,以"覃恩"诰赠曹振彦光禄大夫江宁织造三品郎中加四级,妻欧阳氏一品太夫人,继室袁氏一品夫人。此诰命评价曹振彦:"父有令德,子职务在显扬;臣著贤劳,国典必先推锡。……尔曹振严(彦),乃江宁织造三品郎中加四级曹玺(玺)之父;持身有道,迪子成名;嘉予懋绩之臣,实尔传家之嗣。"

(《曹雪芹家世新考》页九二)

7. 雍正十三年(1735)九月三日,以"覃恩"追封曹振彦为资政大夫,原配欧阳氏,继配袁氏为夫人。此诰命评价曹振彦:"德厚流光,溯渊源之自始;功多延赏,锡褒宠以攸宜。……性资醇茂,行谊恪纯。"故制曰:"家世贻谋,遂承休于再世。"(《曹雪芹家世新考》页九三)

以此追封曹振彦为资政大夫。在曹家已被抄家的七年之后,乾隆刚执政就追封曹振彦为资政大夫,可见乾隆对曹家之先祖还是赐褒宠宜的。

曹振彦的一生也是从起先的包衣奴隶开始,袭其祖制入旗从军,到天聪八年(1634)已经是在多尔衮属下的"牛录章京"了。这个"牛录章京"也就是管理带领三百人的六品教官,后来跟随多尔衮征战,肯定立过不少功,入关之后由军职转为文职,从五品的知府一直晋升到三品的盐法参议使,直至一品的光禄大夫。所在文职期间,从顺治至康熙以至乾隆的追封都能看出对曹振彦的为官给予了高度评价,在清朝廷眼中的曹振彦确是一位忠心立国的功勋元老,又是一位为官勤廉的好官,因此受到清康、雍、乾三朝君主的好评。

## 第六节　曹玺、曹寅时期与皇家和文坛之间的关系

曹振彦的长子曹玺,按《康熙上元志·曹玺传》的记载:玺少年好学,深沉有大志,及壮已补侍卫,随王师征山右有功,康熙二年,特简督理江宁织造,其间曾被康熙赐蟒服,加正一品,并御书"敬慎"手卷,后制匾额。但是到了康熙二十三年(1684),曹玺因劳疾辞世。曹玺在四十五岁时,康熙任他为简派江宁织造,其实江宁织造并非单为蚕丝织锦制造,还兼盐务、玉作等为宫廷造办处旨派的各项业务,甚至还有向康熙密报江南官场及民情动态的任务。康熙与曹玺的关系可以说,此时已经十分亲密,从一例"曹玺进贡的进物单",可以看出,此时的曹玺,已是家产丰甚,古物琳琅拢翠。该进物单显示,这一次共进贡六十三件古玩字画。

（故宫博物院明清档案部编《关于江宁织造曹家档案史料》

页五"江宁织造曹玺进物单·江宁织造理事官·加四级臣曹玺恭进"）

只要稍有一些文物知识的读者就会发现:"如果用现代语来表述

这些文物的名头和质量级别,件件都是价值连城的国家级文物。"可见中年之后的曹玺所掌管的曹家,已是殷富千万的官僚望门豪族了。同时敬请读者注意,在曹玺时代的曹家已俨然是一位收藏文物的行家里手了。

曹家到了曹寅时代,与康熙玄烨的关系就更不同了,远远地超越了一般的君臣关系。其一,玄烨的保姆是曹寅的母亲孙氏;其二,曹寅曾入宫充作玄烨的侍从。加上曹寅自幼聪颖,"七岁能辨四声,洽闻强记,读书能撷华寻根"。因为康熙既有与曹寅的宫廷君臣之谊,又有与曹寅母子二代的特殊关系,故玄烨对曹家维护之极,而曹寅亦毕生效忠朝廷,此时期的曹家已经名副其实地成为了金陵的名门望族。由于曹寅自幼在宫内侍从,特殊环境的熏陶和指引,使得他在管理织造业务方面,兢兢业业;同时还管理"两淮盐业"兼任巡盐御史。此职不言而喻,是一个十足的"肥缺"差使。玄烨能把这个攸关国计民生的钱袋子交给曹寅管理,可见其宠信程度实在非同一般。就连康熙帝也称曹玺之妻"乃吾家老人也"。还有内务府所管理的日常业务,诸如:造币、赈灾押运粮米、玉作,甚至制造御用轿子和车辆,都交由苏州、江宁织造来办理,可谓经营业务繁多,此时的曹家当然是日进斗金了。

由于曹寅聪颖,能文能武,诗尤精诣,他"相埒东南,才士咸乐游其门",并广交名士,利用手上的经济实力,竭力交结江南上层人物,加上有玄烨特殊关系的支撑,以及曹寅的文人才华,琴棋书画、诗词文赋无所不能,又能醉酒,所谓"传杯而听寒籁,墨法瑰奇,险韵新诗,如爬痒疥,讲述性命之学,又善排演曲艺",成为当时江南士大夫阶层中的全能人士。同时也有不少著作传世:《楝亭诗钞》八卷,《楝亭诗别集》四卷,《楝亭词钞》一卷,《楝亭词钞别集》一卷,《楝亭文钞》一卷,有传。均刊于康熙五十二年(1713)的《楝亭集》(现藏上海图书馆)中。此诗文集由当时文坛名士顾景星、杜岕、毛际可、朱彝尊、姜宸英为之作序。诗赋内容极广,文采秀美深涵,涉题人士可以说几乎涵盖当时文坛名士,而著名诗、书、画家与曹寅都有过交往。曹寅又是一位著名的藏书家,清著名藏书家季振宜、徐乾学所藏之书籍,其中有不少为曹寅所得,后俱进内府。

乾隆间内廷儒臣又是当时的文坛巨匠沈德潜,在《国朝诗别裁集》卷二十,页十二中评价:《楝亭诗》中的"岁暮远为客"一诗的起首二句"晓镫寒天光,驱马别亲故",评云:"起首十字,写尽辞家之苦,可与《别赋》并读。"从这段话可以看出沈德潜在读完曹寅这首"岁暮远为客"诗时,对作者表示了十分同情怜悯之心,同时从另一侧面也可以看出,沈德潜对曹寅的家庭背景及历史是十分清楚熟悉的。

此《楝亭诗钞》记入《钦定熙朝雅颂集》卷第九,并由八旗通志馆总裁铁保纂辑,户部尚书朱珪、礼部尚书纪昀、原任工部尚书彭元瑞校阅,洗马臣、法式善、侍读学士陈希曾、吴熊等编次。从纂辑此书的组成人员看,也都是乾隆间编纂"四库"本的全班人马中的主要人员。嘉庆九年(1804)岁次甲子五月十九日,御笔曾为《熙朝雅颂集御序》。

从上述《楝亭集》和《关于江宁织造曹家档案史料》分析,在当时已是赫赫大名的曹寅在江南与文坛名士的交往,据不完全统计有二百多位,其中像朱彝尊、钱谦益、尤侗、杜浚、杜岕、施闰章、姜宸英、王士祯、毛奇龄、吴伟业、陆陇、徐枋、李光地、熊赐履等等,不乏明末士大夫的后裔,其中的毛奇龄还曾为秦良玉写传。

下面再介绍曹寅所题藏的文物:

1.《熙朝雅颂集》卷九题马湘兰长卷

马守真(1548—1604) 【明】女。一作守贞,小字玄儿,又号月娇,一署马湘,有小印曰献庭;善画兰,故湘兰之名独著。金陵(今南京)妓,居秦淮胜处。轻才任侠,与王穉登友善。以诗、画擅名一时。兰仿赵孟坚,竹法管道昇,潇洒恬雅,别饶风韵。万历三十二年(1604)仿赵子固兰花卷,自南京往苏州寿穉登七十,归后卒,年五十七。穉登挽诗有云:"红笺新擘似轻霞,小字蝇头密又斜。"盖其书亦甚工,特为画名所掩。 (《中国美术家人名辞典》页七六七)

因马守贞是明代著名画坛女史,她的作品自明以来一直为藏家所追捧,曹寅因题之。另湘兰与穉登有一段诗缘,也被后人传为美谈。

2.《楝亭图》四卷(近代大收藏家张伯驹先生原藏)

此图为曹玺,曾于署中亭畔手植楝树一株,后子寅再官江宁织造,而楝树犹存,是为楝图而咏,以追怀先德。此四卷共有十图,系当时画坛名家禹之鼎、戴本孝、恽寿平等九家所绘。后有文坛名家纳兰性德、姜宸英、毛奇龄、徐乾学、尤侗、王鸿绪、宋荦、王士祯等四十五家题咏唱和。

3.《楝亭夜话图》一卷(亦为张伯驹先生原藏)

此图为张纯修笔,卷后有曹寅等十一家题跋。

4. 曹寅题马竹溪藏《八大山人画鹿》

八大山人即朱耷(1626——1705?),清初著名画家,明末遗民,明宁王朱权后裔。明亡,出家为僧。善画花鸟走兽,画鸟只画一足,画眼则眼珠向上,所谓:“白眼看青天,以寓其不平之气。”可见曹寅敢于题诗于此作,亦有其内心真实的感想。

此图私人藏,曾在近年于北京某拍卖会上出现。

5.《素卿脂研·王穉登题》研壹方 　　　　(刊《文物》1973 第 2 期)

此砚亦曾为张伯驹先生经手。其特征是:背部有王穉登题诗一首,侧面有篆书“脂研斋所珍之研其永保”十字。砚盒底部刻“万历癸酉姑苏吴万有造”字样,砚盒盖内刻有薛素素(薛素素与马湘兰同为金陵名妓,善琴棋书画)小像一帧。背部有王穉登的题诗一首:“调研浮清影,咀毫玉露滋。芳心在一点,余润拂兰芝。”传说此砚为“脂砚斋”批阅《红楼梦》所用的脂砚,因之而起名,为红学界所重视,然而鉴定界则认为此砚的真伪存疑,后来此砚失踪。

笔者以为,对这方砚台的真伪可以姑且不论,但是要弄清楚这方砚台是否真的是"脂砚斋"批注《红楼梦》所用的,还是由于"脂砚斋"或其前辈在当时认为是真品才收进家中,以此砚台而起斋名。更重要的是:曹雪芹的名"霑"还与砚台有关,笔者将在第六章中详细探索这一问题。也有可能甚至"脂砚斋"根本就没有用过这方砚台,纯属臆造之物,都是有可能的。这些问题似值得我们研究和探索。

　　总之,此时的曹寅可以称得上是康熙朝的著名大官僚兼清宫造办处在金陵的巨头,彻底改变了曹家先辈世袭从军的职业,俨然成为了一位文学大家和文物收藏大家,在当时的文坛起着举足轻重的作用。曹寅的收藏之富,亦为其子孙奠定了精神和物质的坚实基础,万卷诗书的典藏为后辈提供了了解中华历代文化和饱读诗书的学习条件,以致其子孙辈曹雪芹能写出被当时士大夫称之"开谈不说《红楼梦》,读尽诗书是枉然"的巨著。在《红楼梦》这部巨著中,读者都会体会到这位天才作家笔触于天文地理、历史典故,园林陈设布景、食膳工艺和文物古籍无所不能,将大量优秀的古典文学之精华富有创造性地融化进《红楼梦》的文字之中。曹雪芹尤其对古器物名称、质量、档次的精湛描写十分到位,是一位古董行内的专家。这些都是与他家庭的熏陶和曹寅家藏大量的古文物休戚相关。所以说,家学渊源的曹雪芹能写出如此皇皇巨著,是与上辈的文化积累所提供的重要基础分不开的。

# 第七节　康、雍、乾时期的"文字狱"

康、雍、乾时期的"文字狱"在我国历史上是天下闻名、人尽皆知的特有名词。三代当政者之所以要制造"文字狱"，目的很清楚，为的是巩固"大清"皇朝的政权不被当时的文人所抨击，特别是针对不少有思汉反清思想的前朝遗老遗少，所采用的一种镇压逆向文字的方式。其惨烈程度，一点也不比秦皇"焚书坑儒"逊色。这表现在大量珍贵的抗清历史资料被焚化毁去，一大批忠诚于明，或有思汉反对外来民族当政言行的遗老，为此下狱甚至遭到株连九族，事例不胜枚举。

现对与本书有关的几个方面进行探索，以还原当时的"文字狱"的原貌。据现存三朝《文字狱档案》记载，其中尤以乾隆朝为甚。

1.《红楼梦》在乾隆二十三、四年时已被视为谤书。

据吴恩裕先生在《曹雪芹丛考》一书中考证，雪芹所著《石头记》的手抄本，早在乾隆二十三、四年已入"谤书之目"。当时小怡亲王弘晓所以要亲自参加带领他的家人抄书，而不用外人抄写，其原因就是怕外人知道并传播他家"抄录"了这部书的缘故。因此在《怡府书目》中是找不到他家所抄的那本《石头记》的。这也说明了他怕外间知道他"收藏"了这样的一部书。害怕的主要原因就是《石头记》里面有隐寓抨击当朝的内容文字,弘晔用了"碍语"来表述,甚至在抄写时将书中"王侯"改为"公侯"。这显然证明:在他抄书的时候,《石头记》已入"谤书"之目了。弘晓上述所为,都是因为害怕引起乾隆的猜忌,滋生事故而遭获罪。这则信息反映了一个实情,即:在乾隆二十三、四年《红楼梦》尚未成书之时,其稿已在当时的上层王公贵族中被视为奇书而秘密抄录传阅了。

2.《文字狱档案》载:"乾隆时期为箝制言论束缚士林,文字狱甚繁,一般不敢触其法网。"乾隆二十年(1755)五月,乾隆曾下谕:"禁满人与汉人以文字唱和。"可见此谕的规定是何等的严厉。

3. 清乾隆年间,有位著名诗人沈德潜,他的一生充满传奇色彩,因与本节主题有一定的关系,拟用较多的篇幅来讲述此人的生平和不平凡的经历。沈德潜(1673—1769),字确士,号归愚,诗歌批评家,长洲(今苏州)人,曾为乾隆帝校《御制诗集》等,深受弘历的赏识,称之为"江南老名士"。其诗主"格调说",拘于"温柔敦厚"的诗教。诗多歌功颂德之作,编著有《古诗源》、《唐诗别裁集》等。后因涉"文字狱",被乾隆"追夺封衔,仆碑、罢祠、磨平碑文"之处分。沈氏的生平经历,可谓"不寿多辱,寿则多荣"。从青丝考到白发,流年皆不利,连考十七次,均未中。六十六岁高龄时,"沈老"才一举夺魁,点中翰林院庶吉士,被自称"爱才如子"的乾隆看中,穿行于翰林院中,有唱和《消夏诗十首》,并诰命三代封典,赐以诗曰:"我爱德潜德,淳风挹古初。"这在当时文坛上层引起震动。之后乾隆给了沈德潜极高的待遇，官职由少詹事，再升值书房总裁，实际上这个职务是走进了乾隆的南书房。据记载，此公到八十多岁退休之前，一直没有离开过皇帝的身边。如此好运的沈德潜，唯一凭借的是他一手的好诗，以低调而善于迎合圣意的老到功夫，曾经为乾隆《御制诗集》进行校正。因此，有学者认为，弘历一生作诗四万三千余首，他活了八十九岁，如果以十九岁开始作诗计算，每三天要写五首诗，堪称"高产诗人"，但不排除这些诗中有一些实为儒臣所作。

故宫博物院玉器专家张广文在《故宫博物院藏文物珍品大系·玉器》导言《清代宫廷玉器的收藏与使用》一文中，于最后一节"故宫博物院收藏的清代宫廷玉器"曾这样介绍："乾隆至嘉庆初，是宫廷玉器生产的高峰期……此期带款玉器，有'乾隆年制''乾隆仿古''乾隆御用'……这批玉器中还有许多刻有御题诗句，或咏史述典，或追思往事，或宣扬政绩，或褒赞器物，或夸奖玉色……乾隆题诗文，多为儒臣所书，由内廷高手玉匠刻镌器上，风格工整绮丽。"因此沈德潜时值南书房供职，又主管"御制诗文"的校正，故《玉如意》这首御制诗虽不能肯定就是出于诸如像沈德潜等儒臣之手，但据此分析，有他们参与的成分，这一可能性极大。

在对秦良玉的家乘专著《秦氏家乘》一书的卷四之三，页三一，有这样的记载："沈德潜曰：'千古奇人，诗亦极力写之。'"虽然仅有十字,但可以说明沈德潜对秦良玉的民族英雄事迹是十分熟悉和清楚的,故用了"千古奇人"来褒赞秦良玉。

沈德潜作为乾隆朝文坛的一代宗师,现存诗文集有十九种七十二卷,诗二千三百余首,他还为当时诸多名人撰写过传记和墓志铭。据查证,他曾为一代画坛泰斗"王翚"撰写墓表,《王石谷年谱》也记载:"清初著名诗人长洲沈德潜字确士,号归愚,谒王翚。"

乾隆三十四年(1769)沈德潜去世,终年九十七岁。然而在他离世九年后,东台发生了徐述夔《一柱楼诗》案,"清风不识字,何必乱翻书"、"举杯忽见明天子,且把壶儿抛半边",弘历认定此诗为反诗,当即定为"逆案"查处,结果已去世的徐述夔被鞭尸,儿子被戮,枭首示众,孙子被杀,家奴发之功臣为家奴,一批官员亦受株连,有的入狱,有的革职,甚至被杀。沈德潜亦因替徐氏写过传,受到牵连,又在《咏黑牡丹诗》中,有"夺朱非正色,异种也称王",乾隆下令对沈德潜进行追夺封衔,仆碑、罢祠、磨平碑文的处分。也有史料认为,乾隆对沈德潜死后真正的不满原因是弘历的不少诗作都由沈德潜代作,沈将诗的底稿带回了家中,乾隆后来知道了为此大为不满。还有沈德潜在年老时编撰了一部《国朝诗别裁集》,内中将钱谦益列为其中之首,因乾隆对钱谦益早有不满,故对老年沈德潜评语:"老而耄荒";"朕于德潜,以诗始,以诗终",成为乾隆对沈氏一生所作的评价。

从上述事例可以看出,乾隆朝的文字狱是何等险恶,为一首诗可以惨遭灭门之祸,甚至株连九族、祸及亲朋好友。因此在清三代中无论文坛,还是普通百姓,写诗填词都不敢有半点马虎,必须特别谨慎,生怕为朝廷所追查判罪。从前面所述赵翼的题《秦良玉锦袍歌》,想来他是在远离北京的僻远山区石硅之地,为秦良玉后辈示观锦袍所题。此题可能一直为马家所秘藏,才得以诗文留传至今,他所写的诗文胆量的确是够大的;但在一些要害处,也不得不隐寓而为之。

同样,《脂砚斋重评石头记·凡例》中也明确讲:"此书不敢干涉朝廷。凡有不得不用朝政者,只略用一笔带出。盖实不敢以写儿女之笔墨,唐突朝廷之上也,又不得谓其不备。"然而又云:"此书开卷第一回也。作者自云:'因曾历过一番梦幻之后,故将真事隐去,而借'通灵'之说,撰此《石头记》一书也。'"          (《脂本汇校石头记》页一、二

《脂砚斋重订石头记甲戌校本〔修订新版〕》页七五-七六)

可见,脂砚斋和曹雪芹首先声明此作无关朝廷,曹雪芹于整本《石头记》运用了"真"和"幻"的手法,来隐喻事实以达到写真的意图。以作者当时复杂的心态和情感来表达对当朝的不满,不能不叹服作者文笔的高妙——以被脂砚斋所称的"狡狯之笔",来掩饰他的真实写作意图。

# 第四章 "玉如意"被秦良玉摽击后的漂泊经历之探索

## 第一节 完璧归曹

本书的第一章已详细地阐述乾隆甲戌的这首《玉如意》御制诗，在说明了这件玉如意曾经肩负过历史使命的呼唤，之后被秦贞素"摽琼驱使"。对于"击处珊瑚碎"的"处"字应该有"使得"和"位置"的双重意思，这一点可以通过图四得到印证。能想象得到，秦良玉当时接到曹氏使者"敬献"的玉如意时，一定是怒发冲冠，因为先前有杀兄弟之仇，所以当即手握此件如意之柄部，敲击如意之五花瓣头于坚实案台处，致使如意弓缘根部处折断。从图例中的折断位置可见，只有在手握如意的柄部，并受到较大外力的摽击，"应力"集中于弓缘部位而最终造成断裂。

要还原这一恐怖的现场，设想最可怕的结果就是按秦良玉曾对奢崇明使者的处置："斩使焚书"。但是这一次可能由于使者曹氏的"善谋"和"沉稳"应对,才保住了性命,故康熙在给曹世选的二次诰命中称其有"贻谋"。笔者以为,此词虽为皇家常用的褒赐之词,然"谋"字的多次出现,确有"谋略"的词意在内。可以设想,被摽断的如意一定是留在了秦良玉的军帐之中,而使者匆匆回去复命。当然,这次恐怖的使命在曹世选或曹振彦的心目中是刻骨铭心、一生都不能忘却的大事,这件如意在曹氏家属的心目中,则是一件记载祖先不畏生命安危而换来的永久性纪念物。

秦贞素对这件后金政权用来贿赂大明女总兵的实物证据"玉如意",很有可能会按制逐级上报。从《明实录·熹宗天启实录》卷十载,原任太子太保兵部尚书王家乾言:"独川兵以步坚守死战,杀虏甚多,奴酋重购川兵……";《明实录·熹宗天启实录卷》十三载,"兵部尚书张鹤鸣言……",可见此时掌管辽东战事的兵部尚书是王家乾和张鹤鸣。据此分析,这柄所断残的"玉如意",秦良玉交由王家乾和张鹤鸣处置的可能性极大。

对于王家乾和张鹤鸣之后的流传由于没有文字根据,笔者不敢臆断,只能作一个可能性分析:一种是王家乾和张鹤鸣不敢擅自处置,将如意交与朝廷,天启熹宗可能在随后的几年时间内,将此断残的玉如意交与宦官魏忠贤处置了。还有一种可能,就是王家乾和张鹤鸣未将此物上交朝廷,由于此时王、张将该如意作为一件礼物孝敬权力日盛的魏忠贤了，也是有可能的。但这些都是分析和设想，不足为证，寄希望于日后如能找到文字佐证为据，则幸甚矣。不过其中间无论如何辗转，这都不重要，因为有赵翼的《秦良玉锦袍歌》为旁证，说明之后还是来到了魏家的手上。

由于魏忠贤主政辽东战场的时间不长，仅数年而已，对于像魏忠贤这样一个德性不佳的宦官将财物据为己有是可以想象的事。只是由于魏忠贤到了崇祯元年即被崇祯帝诛杀，且家中无后，因此这柄如意亦只能如赵翼所说的"先"世泽了。但这一时间段可能很短，估计仅数年间的事。为什么这样估计呢？理由是：乾隆的甲戌那首《玉如意》御制诗用了区区五个字"挂来萝薜深"，隐喻了这件如意是被深藏于"丝织坊"，而赵翼的《秦良玉锦袍歌》又用"传衣曹洞昔时珍"来暗示之"后"为包衣曹氏传承珍藏。故笔者以为，应是金陵织造曹氏所藏了，而且收藏到此件如意残件的时间段应是晚于曹玺出生的时间。为什么这样说呢，是因为大家知道曹玺的原名为"尔玉"，而"尔"之字意亦通"迩"，应为"亲近"之意，所以"尔玉"还是应为"近玉"的意思；而字"完璧"之典故"完璧归赵"明显印证了：曹玺在出生之后的一段时间内，家中上辈为他起的"名"和"字"，意在"完璧归曹"是显而易见的双关典故印证。也就是说，在崇祯元年（1627）魏忠贤被诛之后的数年里，通过曹家的不懈努力和寻找，玉如意终于辗转归于曹氏家族珍藏，完成了"完璧归曹"的心愿。

曹玺的出生年代史料未见详实的记载,据周汝昌先生《红楼梦新证》考证,曹玺应在崇祯三年(1630)生,周先生的考证是依据尤侗《艮斋倦稿》和毛西河《安序堂文钞》之《萱瑞堂记》,经过综合推算出曹玺的妻子,也就是曹寅的母亲孙氏的纪年加二岁而得知的。笔者以为,周先生的考证比较严谨可靠,故认为曹玺的出生年代应在崇祯三年前后,是适当的。

又据《晋书·苻坚载记》在南北朝前秦天王"苻坚"时期,北方匈奴首领单于生有二子,大儿"刘卫辰"为左贤王,小儿"曹毂"为右贤王;曹毂又生二子,长子"曹玺"、次子"曹寅"。曹雪芹的曾祖父"曹玺"、祖父"曹寅",姓名与之完全相同,笔者甚感惊奇。是否用"曹完璧"之字号,对外太过显露"玉如意"玉断璧合的出处。或许借典故隐人耳目,托曹毂被天王苻坚所俘不杀反荣的恩典,那么帝王赐名也就顺理成章了。当然这也仅是笔者一种合乎逻辑的推论而已。

# 第二节 终入清宫

大家知道,我国历史上被称之为"第二次收藏盛世"指清三代,特别是乾隆朝时代。其实这次盛世的总导演应该说就是弘历,因为他本性好古,尤其喜欢珍品古玉器,被后人称之为"玉痴"。与之同时,他对古董文物珍品亦喜爱有加,一旦耳闻目见,非夺之而不能。像各种传世的名画,存世的名人墨迹、尺牍,也钟爱有加,他用极大精力收集到的"三希"法书便是世人皆知的传世三大宝物。他还曾经不遗余力地通过各种渠道及方法搜罗文物名迹,目标通常会指向一些名门大族后辈;同时通过庆典、祝寿、进贡、收购等多种途径还会由当时朝廷的大臣、王公贵族及其子弟搜罗而得。在乾隆时期的"搜藏"运动中,王室亲属都各自起到了"应尽"的巨大作用,这些都可以从清宫遗存的档案,进物单和各种存世历史资料中查到。例如:由于明末清初的动荡,宫廷的藏品流散至民间,致使一批有实力、有眼光的大藏家脱颖而出,异常活跃,如耿昭忠家族,宋荦、梁清标、孙承泽、安岐、高士奇、纳兰性德等,他们的藏品最后大都归入了内府。如安岐是当时的书画大藏家,因是大盐商,眼力又好,收藏的都是精品,从隋唐到两宋的早期的绘画就有六百八十件(套)。这些书画,通过诗人沈德潜在中间斡旋,最后都以廉价进入了乾隆内府。这就是《墨缘汇观》、《庚子销夏记》、《江邨销夏录》、《装余偶记》等很多文献著录中的作品,最终归属到《石渠宝笈》的原因。

(详见《文物天地》杂志总第 293 期刊

杨丹霞《〈钦定秘殿珠林石渠宝笈〉著录书画》一文)

　　乾隆朝弘历曾组织了卓有鉴定能力的"专家鉴定团",对清宫历年来通过巧取豪夺从各方搜罗而来的乾隆认为是"至精之品"的书画,写成了闻名中华的清内府《石渠宝笈》著录,同时又翻刻了《三希堂法帖》等名迹,为后人了解和研究清宫的收藏提供了珍贵的文献资料。这些宝物亦为清皇朝的末代皇帝溥仪最后的出逃,提供了强大的经济支持。

在玉器方面,由于乾隆尤其钟爱于他收藏的古玉器,我们可以从北京故宫博物院玉器鉴赏专家杨伯达先生《清代宫廷玉器》、张广文先生《清代宫廷玉器的收藏和使用》这两篇文章,重点考察清代宫廷特别是乾隆时期是如何收集、制作、保藏和撰文御题玉器的。由于这两位工作于紫禁城内,身边的清宫档案依据可靠,所以被认为是十分可靠的考证参考资料。

一、杨伯达先生在《故宫博物院院刊》1982 年第 1 期的《清代宫廷玉器》一文中,介绍了清代玉器的收集及加工的主要情况,兹摘要如下:

在乾隆初年,玉的来源是非常稀缺的,原因是和田准葛尔部落在叶尔羌等地搞分裂,形成了巧妇难为无米之炊的状况。有这样一则档案记述:"乾隆六年十二月二十五日,弘历要造办处将收贮的各色玉块呈览。当时司库白世秀将各色玉石十块,并碎玉六十六块,进交太监高玉等呈览,弘历只相中白玉一块,让别人认看,其余玉石仍旧持出。"可见当时玉石原料的稀缺和乾隆初年清宫收藏玉石的家底尚且如此之薄。"弘历嗜古成癖,热心于玩弄古玉，并尽力搜集贮藏。他还积极提倡做假古玉"，乾隆初年苏州织造已有了自己的玉作。

玉石原料的供应来源一直要到乾隆二十年至二十五年，清军在新疆人民的支援下，消灭了分裂祖国统一大业的军事叛乱，玉材原料及运输通道才得以打通，之后玉石源源不断地运入内地和清宫，为清宫在乾隆二十五年之后的宫廷玉器的大量制作提供了原料供应的坚实基础。此后，清宫便大量制作各类玉器。众所周知，弘历是我国历史上最著名的"玉痴"君主，故体现在乾隆朝宫廷玉器的制作上，无论是在制作工艺和形式上可谓推陈出新，制作精湛。在这一时期制作了大量的陈设器皿、佩饰、神像、册宝、祭器、文玩及镶嵌、文玩类的各种精美玉器。由于当时有技术高超玉匠的技术支持，在乾隆中后期所制作的玉器中，在工艺上达到了前所未有的巅峰水平。而这些技艺高超的玉匠主要集中在苏州专诸巷，苏州织造为造办处如意馆提供了人数众多的著名玉匠，另外扬州、江宁两地还向地区分派任务，动用各地织造力量为宫廷制作玉器。当时为宫廷直接控制的玉作有十多处，除了宫内造办处玉作如意馆之外，为宫廷加工玉器的有苏州织造、两淮盐政、长芦盐政。另江宁、淮关、杭州等地也曾为宫廷制作玉器，特别是乾隆二十四年（1759）新疆地区的动乱平定后，玉料便大量进入内地，此时宫廷玉器的年产量，最高可以达到二百件以上。与此同时，每年宫廷要进行大量的赏赐，对象有：对王族内部的赏赐，也有对大臣的赏赐，还有对其他民族首领的赏赐。

二、张广文先生在《故宫博物院藏文物珍品大系·玉器》导言《清代宫廷玉器的收藏和使用》一文中，于总结时说：

> 故宫收藏的顺治及康熙时玉器，数量虽少，又无款识，但都具有造型小巧，玉质较好，图案简练的特点，尤以浅浮雕居多，雕琢圆润，图案中平面与线纹搭配得体，代表了当时玉器制造的最高成就，是研究这段时期玉器不可缺少的实物资料。……乾隆至嘉庆初，是宫廷玉器生产的高峰期，在故宫博物院藏玉中，属这段时期的玉器占绝大多数。乾、嘉时期作品具有品种齐全，用料讲究，设计巧妙，工艺精湛的特点，并同时出现了大量的仿古鼎彝和仿古佩玉。此期带款玉器，有"乾隆年制"、"乾隆仿古"、"乾隆御用"……这批玉器中还有许多刻有御题诗句，或咏史述典，或追思往事，或宣扬政绩，或褒赞器物，或夸奖玉色……乾隆题诗文，多为儒臣所书，由内廷高手玉匠刻镌器上，风格工整绮丽。观其书，便可知清代馆阁体书法之一斑。

从上述两位玉器专家对清宫玉器的状况介绍，特别是乾隆时期玉器的大量制作，可见进贡及赏赐是非常频繁的。可以想象，对曹家来说要按惯例向朝廷进贡,如每逢帝王、皇太后或皇后等祝寿和宫廷的重要活动,古董是必备之物。本书前面所述的康熙曹玺时代《江宁织造曹玺进物单》记一次进贡古文物就有六十三件。到了曹寅时期,估计这种进贡只会有增无减,而且为了讨好皇上,想来都是由曹寅在平时精心策划挑选,在与社会名流的交往中得来的宝物。此时的曹寅因为有强大的经济支持,在这方面所用去的银两一定巨大可观。加上屡次接驾,设造园林等大项支出,到了康熙后期的金陵织造曹家,正如曹雪芹在红楼梦第二回古董商冷子兴所说的"内囊却也尽上来了",是不无关系的。但是到了雍正时期,因为雍正是不太喜欢这些玩物丧志的东西,一心致力于强大国力的治政之策,在这方面一定有所收敛。但是到了乾隆时代,由于乾隆的好古,比之康熙时肯定有过之而无不及,想方设法也要搜罗天下之宝物归入清宫。在这样的形势下,乾隆也深知江宁曹家的家底和藏品的一些实情,乾隆的耳目儒臣也都会为讨好乾隆而提供曹家藏品的信息。特别是曹家数辈与其交好联姻的怡府,可能更清楚曹家的情况,在种种不利因素的交织下,乾隆的搜索指针一定离不开曹家,前面提到的:"徐乾学所得到的曹寅藏书,之后亦尽被内府所归"可以证明。

曹雪芹在《红楼梦》中对贾府所藏文物古董和陈设的描写可以用拢翠而琳琅满目、不计其数来描述,甚至于人名、园林景致都用古物玉石命名。而对于这一件被清初政权曾用来"得号"的古稀玉如意,曹家一定是小心保藏,不露声色。然而没有不透风的墙,可能是由于曹家不慎走漏了信息,譬如小说中隐喻的通过周瑞家的女婿古董商冷子兴和贾雨村等的关系。信息传至王公和乾隆的耳中,弘历当然不会放过这件对他来说,既是一件追思祖先往事和褒赞先祖政绩的咏史之物,又是一件质地佳美的"宝球琳"玉器,当然愈加谗言欲取了,否则清宫是不会无故收进一件断残玉器的。但是对于曹家来说,则完全不然,因为曹家祖先几乎是用生命换回的一件具有特别纪念意义"完璧归曹"的传家之宝,是一件刻骨铭心的纪念品,因此对此物尤加珍重,絶对不能和曹家比比皆是的普通珍玩相比拟。其实乾隆早在这首御制诗《玉如意》中,已清楚地告知了读者:"此柄如意是置放于萝薜深处的丝织坊而来到了清宫。"

这件玉如意从曹家回到清宫,当然不可能是一帆风顺的。其中之曲折可以通过曹雪芹的《红楼梦》的多处隐喻和草蛇灰线的文字描写而隐隐约约地呈现出来。如第七回中古董商冷子兴的暗出,接着"周瑞家的"仗着主子的权势,并不把这冷子兴被人告官而面临被递解回乡的窘境放在心上,只说:"这有什么大不了的。"接着探春道出了真相曰:"必须先从家里自杀自灭起来,才能一败涂地。"之后的贾府果然接二连三地发生大事,脂批曾对元春省亲所点《豪宴》戏之一折,对《一捧雪》剧情有批语曰:"一捧雪伏贾家之败。"脂评同时还特别指出:"所点之戏剧,伏四事,乃通部书之大过节,大关键。"而对"腊油冻佛手"的情节描写则更为露骨地隐喻了是一件"黄色古玩玉器"，从而引出了诸位王爷为争夺蒋玉菡一位"戏子"而展开的争夺战。在笔者看来，实际上在为这件宝物而展开的争夺战，才可能是曹雪芹要描写当时真实场景的初衷。更值得推敲的是：元春省亲所点的四出戏的一出《仙缘》，即为著名的唐代沈既济《枕中记》之中一折，又名《邯郸梦》，脂批告诉我们："伏甄宝玉送玉。"笔者以为，此"玉如意"还是在特定的条件下，曹家无奈之极后才流入清宫，以避免遭来祸害，或者是由哪一位王爷经手，贡献到了乾隆的手中。从此这柄如意，终于了了"玉痴"弘历的"如意"心愿，回归清宫了。

# 第五章　曹氏家族的衰败原因分析

## 第一节　雍正六年金陵曹氏被抄家的
　　　　　历史背景分析

雍正于癸卯年（1723）即位后，于康熙和曹家的特殊关系，他当然是心知肚明的。现在可以查到的"雍正二年"雍正在《江宁织造曹頫请安折》上有一段长的硃批，摘要如下：

> 你是奉旨交与怡亲王传奏你的事的，诸事听王子教导而行。……不要乱跑门路，瞎费心思力量买祸受。除怡亲王之外，竟可不用再求一人托（拖）累自己。……若有人恐吓诈你，不妨你就求问怡亲王，况王子甚疼怜你，所以朕将你交与王子。（下略）

（《曹雪芹家世新考》页一二六）

从这则旨批可以看出，雍正对曹頫的行为已有非常的不满，实际上是在警告曹頫要老老实实，不要去走歪路，以免受祸。同时也道出了曹家与怡亲王的关系并非一般，除了有姻亲关系，可能还有更深一层的关系，雍正是知道内情的，所以将曹頫交于怡亲王来管束，以免添乱。

笔者分析：自雍正执政之后，他所推行的治国之策是继续强化振兴国家经济，以提升清政权的综合国力为目标而进行的各项治国之政。在雍正的眼里，苏州织造、江宁织造是众所周知的肥缺，也是管理盐业转运的实权派，应该是国家的钱袋子，但实际又是如何呢？不仅苏州织造李煦大额亏空，江宁织造曹頫也大额亏空银两，以致国库银两收入受损，故在雍正眼里的这两个江南重要织造是蛀国之虫，从不满至警告，以致后面的查抄事件的发生。

曾有雍正五年(1727)十二月二十四日《上谕著江南总督范时绎查封曹頫家产》一则档案记载：

奉旨：江宁织造曹頫，行为不端，织造款项亏空甚多。朕屡次施恩宽限，令其赔补。伊倘感激朕成全之恩，理应尽心效力；然伊不但不感恩图报，反而将家中财物暗移他处，企图隐蔽，有违朕恩，甚属可恶！著行文江南总督范时绎，将曹頫家中财物，固封看守，并将重要家人，立即严拿；家人之财产，亦著固封看守,俟新任织造官员绥(隋)赫德到彼之后办理。伊闻知织造官员易人时,说不定要暗派家人到江南送信,转移家财。倘有差遣之人到彼处,著范时绎严拿,审问该人前去的缘故,不得怠忽!钦此。

(《曹雪芹家史新考》页一二七)

从这段长批旨文,可见雍正已经清楚获悉曹頫已知道朝廷不久将要对他严惩的内情,并开始有所行动,就是转移隐匿财产;雍正的旨批详细地安排了范时绎应对金陵曹家财产的固封和看守,不让曹頫进一步转移藏匿财物。

按照有关史料记载分析,金陵曹家正式被抄的时间应是在雍正六年(1728)的正月十五,也就是曹雪芹在《红楼梦》的第一回,正月十五葫芦庙失火印证了这次抄家。

《江宁织造隋赫德奏细查曹頫房地产及家人情形折》(雍正朝):

江宁织造·郎中奴才隋赫德跪奏:为感沐天恩,据实奏闻,仰祈圣鉴事:窃奴才荷蒙皇上天高地厚洪恩,特命管理江宁织造。于未到之先,总督范时绎已将曹頫家管事数人拿去,来讯监禁,所有房产什物,一并查清,造册封固。及奴才到后,细查其房屋并家人住房十三处,共计四百八十三间。地八处,共十九顷零六十七亩。家人大小男女共一百十四口。余则桌椅、床杌、旧衣零星等件及当票百余张外,并无别项,与总督所查册内仿佛。又家人供出外有所欠曹頫银,连本利共计三万二千余两。奴才即将欠户询问明白,皆承应偿还。

再,曹頫所有田产房屋人口等项,奴才荷蒙皇上浩荡天恩特加赏赉,宠荣已极。曹頫家属蒙恩谕少留房屋以资养赡,今其家不久回京,奴才应将在京房屋人口酌量拨给。(下略)

(《曹雪芹家世新考》页一二七、一二八)

从上述二则雍正御旨及隋赫德的抄家情况总汇报可以看出,雍正要查抄曹家的目的是要弄清曹家的资产总量,特别是现银总量。但是,从隋赫德的抄家结果可以看出,所抄到的曹家资产仅为房屋、地产和外面客户所欠曹家的仅三万二千余两现银当票,在曹家根本没有抄到现银;更重要的是没有抄到在当时就已价值很高的古董字画,也就是说抄到的是不动产,而重要动产却一样没有抄到。雍正无奈,只得将不动产赏于隋赫德了,而动产古董文物以笔者看来,的确已被曹頫事前转移藏匿了。雍正虽为此大为恼火,但亦无法,只得给曹頫以"枷号"惩罚了。对于现银问题按分析:曹家到了曹頫时代,家中现银已所剩不多,原因是曹寅时期,他好古又善广交文坛名士,收购了大量的珍本、善本书籍和各类古物名人字画,在扬州精工刻印

《全唐诗》等版本都耗去了巨额资金。对好古者,自古有句谚语"爱者不富,识者不穷",这是对曹家最好的写照。也就是说,将钱款都砸到古玩上去了,藏书家徐乾学传是楼的大量藏书都得之于曹家的事实是最好的旁证。之后这批书籍都被乾隆归入内府,可见绝非一般的书籍,而且一定都是珍稀的古籍善本,才能让乾隆感兴趣,其收藏成本一定是不能小觑的。

另外,曹寅时期,康熙的几次南巡,连住宿都在曹家,购买十九顷的田产和大量的房地产也一定耗费了大量的钱财。正如曹雪芹藉以描写的大观园之豪华奢侈之极的排场,都是有影子在内的。故到曹寅后期及至曹頫手上,其家资亏空应为当时的实况。

通过上述对曹家于雍正六年(1728))在金陵被抄的历史背景分析,可以印证此时的曹家实际上已经从所谓的盛世,经过这次变故开始衰败,家中的不动产几乎被抄没,仅有北京的数十间房产留与家眷居住,而可移动资产通过曹頫的事前谋划,如古董文物因体积小而经济价值高的特点而得到了藏匿保存。也正因为有这些财物作为支撑,此后居住在北京的众多曹氏子孙在乾隆初期,有了一个所谓的"小阳春"日子。这正好印证了《红楼梦》第二回中,作者借用古董商冷子兴的话:"百足之虫,死而不僵。"意在家虽败,但内底有隐匿的古董为支撑,日子还是好过的。然而好景不长,笔者将在下一节分析乾隆六年至七年之后曹氏家道又遭"顿落"的不测,那才真的是树倒猢狲散了。

## 第二节　乾隆六年之后曹氏家道顿落的原因分析

雍正十三年（1735）也就是乾隆正式即位的那一年，乾隆为感念曹氏祖先对清帝国有功，于"雍正十三年九月三日，乾隆以'覃恩'追曹振彦为资政大夫"诰命一则，赞誉曹振彦："家世贻谋，遂承休于再世。"（诰命全文略）同日又一诰命："雍正十三年九月三日，以'覃恩'追封曹尔正（振彦次子）为资政大夫"诰命一则，赞曰："宣力爱劳，固赖于严亲，子克承家令善，多由于慈母。"未见其对"曹寅"有诰，但从现存的档案中可以见到"宽免"欠款的奏折中，录列了曹寅、曹頫的大宗"亏空"款及"骚扰驿站"所欠银两。此时的乾隆，为弥补雍正时期对王公大臣采取严厉高压政策引起的对朝廷不满，而采取了平和笼络的被现代红学者所称的"亲睦"政策。

然而到了乾隆三年戊午（1738），此时的曹雪芹已是成年人，所见所闻该是历历在目了，当时曹家的几门姻戚又开始出现了问题。先是傅鼐以"误举参领明山事"获罪，被革职入狱，寻病而卒。随即福彭亦因"与策令（当时的蒙古额驸）互参事"，交到了宗人府被察议。到了乾隆四年（1739），更大的一件事情发生了，素与曹家关系甚密的怡亲王允祥之子小怡亲王弘晈因与庄亲王允禄等"谋逆"案，可能受到了某些牵连。大家知道无论在哪一个皇朝,对于"谋逆"之罪可是要杀头诛九族的大事。据周汝昌先生在他撰著的《红楼梦新证》考证中记载:"当初如平郡王福彭在参与审讯的过程中旋即消失,竟连议事奏事的大臣的列名中也从此不见踪影,直到三年之后才得以复见。"故周先生分析:"可能此案与自身亲戚属下有干所致。"并说:"曹家重遭变故,势不出乾隆四、五年,其案由,则显然与'谋逆'案所涉之人有染。"笔者认为,周汝昌先生的分析很有道理。

可以设想,此时的怡府一定十分惊慌,会想方设法通过各种关系和途径与乾隆接触通融,并讨好乾隆。好在怡亲王允祥就是当时大名鼎鼎的文物收藏大家,乾隆在很大程度上受怡亲王的影响,所以对乾隆这位特别喜好古物的痴迷皇帝,用极品古物这一法宝打点、进贡是唯一的好办法。这方面从清宫现存为数不少的著名存世的画作中,正中央钤盖有"怡亲王宝"朱文印鉴的字画可以印证。笔者以为,通过怡府为求太平而努力的各项运作之后,乾隆一方面由于是堂兄弟情分的关系,更重要的可能是因为收到了他平生最喜爱的宝物之后,也就网开一面了。曹家因与弘皎关系密切,又是亲戚关系,也可能有一定的牵连。此时的乾隆也会通过众多的耳目线人,知道了曹家藏有其祖先的一柄玉如意以及其他重要珍宝,在平时可能欲夺不能,但此时可是索要的最佳时机,被曹頫认之为传家宝物的玉如意和其他一些所匿藏的重要珍宝,通过有关渠道进入了清宫。看来曹頫从金陵带来北京的一些重要文物包括传家之宝玉如意,都在这场政治变故事件中被朝廷悉数搜罗干净。本来这些古董文物可以通过交易换回一些银两,以维持当时曹家各房不小的开支,但自此之后可真的是树倒猢狲散了。之后的曹雪芹可能从北京的蒜市口搬到了香山旗内居住,以尽量节约支出,也就是说依靠旗内所发放的甚微俸银度日,用现代用语描述,就是靠政府的救济金度日了。到了乾隆二十六年(1761),敦诚在《四松堂集·赠曹芹圃(雪芹)》有诗云:"满径蓬蒿老不华,举家食粥酒常赊。"敦敏《懋斋诗钞·赠芹圃》一诗则云:"碧水青山曲径遐,薜萝门巷足烟霞。寻诗人去留僧舍,卖画钱来付酒家。"这都是一种生活的窘境了。

曹雪芹在此惨景下,可谓是贫病交加,连生活也没有着落。此时此景的曹雪芹带着各种复杂的心情与无奈,在"黄叶村"凭借自己胸罗万卷的文化底蕴和渊博的文学知识,加上十二分的聪颖(据说他十二岁就有奇书问世,天赋之高实非常人能比,坚持不入仕途),终于在之后的十年里,可能在其族人长辈的帮助下,撰写出了《红楼梦》这样的惊世之作。

# 第六章 以乾隆（甲戌）御制诗《玉如意》为钥匙试探开启《红楼梦》所隐的其中一扇大门

## 第一节 畸笏和脂砚斋

### 一、畸笏

大家知道,畸笏叟是在《石头记》甲戌抄本中十分重要的一位评阅批语者。从周汝昌先生的《红楼梦新证》(页四—二),对畸笏和脂砚两人的考证结论是:"从首至尾,屡次批阅的主要人物,原只有一个脂砚,所谓'畸笏'这个怪号,是他从壬午(1762 年)才起的,自用了这个号,他便再不称'脂砚'了。"因此周先生认为"畸笏"和"脂砚"实为一人,笔名不同而已。

笔者通过近几年的研究,感到周先生的考证有一定的道理,此两笔名都是曹家的至亲眷属为写批语而起的。为什么这样说呢？所谓"叟"在《说文·又部》称"叜"，自隶书之后变为"叟"。《孟子·梁惠王上》谓："叟不远千里而来,亦将有以利吾国乎?"故《辞源》谓之:"是对男性老者的称呼。"近代我国著名花鸟画家陆抑非先生是笔者的先姑祖父,他曾持赠本人一件《宁静致远》的镜片字幅(见图八),落款是"甦叟陆抑非"。在持赠时讲到"甦叟"的原由,他说:"前年得一场胃癌的大病,经过杭州名医的精心治疗,才得于治愈,心情为之十分舒快,自此之后,由于年岁已过古稀,经过了这场大病,犹如死而复生,故用'甦叟'示号。"从此,陆老先生的作品绝大部分都用这个"甦叟"署款了。此事也可印证"叟"确为男性年岁较大的老人之自我称谓了。而被周汝昌先生称之为"畸笏"这个"怪怪的名词",笔者亦为此作了多方面的探索:这个"笏"字在前文多次介绍过,特别是在赵翼题《秦良玉锦袍歌》的"遗笏魏家先世泽"的解读中较详细地作了探索,按照故宫博物院研究资料表明,和清《事物异名录》所述之"笏"与"如意"兼两者之用。在《辞源》中,亦谓"笏"的含义,是"古代君臣朝会时手中所拿的狭长的板子,按品第分别用玉、象牙或竹制成,用于记事"。而"畸"字更容易被人理解,因为"畸"字通"奇",其意是:有残不偶之义,也就是不规整有残的奇异之形。

至此,这个"畸笏"怪名的解读,原来就是一件"不规整有残形状狭长的玉制手板"。不也就是被敲掉了"如意头"的"如意"柄?而起这个"畸笏"怪名的用意,不也昭然若揭了吗?

## 二、脂砚斋

《石头记》甲戌抄本中,另一位重要的评阅批语者"脂砚斋"也是大家所熟悉的。多年来,无论在红学界还是文物界,一般认为这是一个书斋名。的确,古代以至民国近代文人雅士,取斋名往往是将自己认为十分重要的事或物,以之寓意取而命名,加以使用。笔者在此不妨举一位清末的金石名家费念慈太师为例:

> 费念慈(1855—1905) 【清】字屺怀,号西蠡,晚署艺风老人,江苏武进(今常州)人,一作江阴人,一作寄居苏州。光绪十五年(1889)进士,张之洞奏保经济特科。在词馆,与文廷式、江标齐名。泛滥百氏,精擅畴人术,金石目录之学冠绝一时。擅鉴赏,工书法,出入欧褚,兼通晋魏各碑。兼工山水,疏秀妍雅,饶有金石气。卒年五十一。
>
> (《中国美术家人名辞典》页一一一三)

费念慈是一位清末金石大家,又是一位收藏大家,他的收藏甲于海内,数年前在文物市场出现过的一件宋代曾巩《局事帖》就是他的旧藏。据考证,他因为得到过一件北宋·张舜民《江邨归牧图》而起斋名为"归牧斋",并著有《归牧集》传于世,又在诗文中以"归牧散人"自称,还将自己在苏州桃花坞(原系唐寅故居)的居所称之为"归牧庵"。这使笔者联想到,是曹家还是这位批阅者起这个"脂砚斋",可与什么重要的文物有关联呢?比如那方曾经在二十世纪六十年代展现过的底部刻有王穉登款的赠金陵名妓薛素素的脂砚(见图九)。古人云:"脂"者从肉,是为女人使用的胭脂及脂粉之意。唐代王维《西施咏》:"邀人傅脂粉,不自著罗衣。"脂砚斋主人自然对此类著名而有趣味的文物十分感兴趣而加以收藏了。据《明史》记载:王穉登四岁能属对,六岁善擘窠大字,十岁能诗,是个大才子。举冯梦龙言:"嘉靖间,海宇清谧,金陵最称富饶,而平康亦极盛,诸妓著名者有金陵十二钗也。"史有记载的是,王穉登与金陵名妓马湘兰和薛素素自有私交,吟诗作画互赠题诗的可能性极大。至于此砚是否真的是王穉登所赠,笔者不敢妄下结论,据说此砚经文物鉴定专家看后认为存疑,设想当时其主人收藏此砚时,不一定认为是伪品而当以真品收藏,也有可能是另有一方脂砚真品。如果这方脂砚为曹府收藏,及至曹頫或曹霑一辈以砚命其斋,也是有可能的。为什么这样说呢?在此解读一下曹雪芹的名字"霑"。《辞源》谓"霑","因接触而被东西附上"之意。在唐代姚合的《武功县作三十首》之二十九曰:"印朱霑墨砚。"可见曹雪芹的父亲或其他上辈为其起这个"霑"字之名时,与"印朱霑墨砚"切切有关,或许因此"砚台"故还是"朱霑"故,也或许意在希望曹雪芹于文墨朱霈而可"出人头地"之寓意,以物命名而得之。笔者由此以为,"脂砚斋"极有可能就是曹家直系亲属中人的一个书斋名。

上面讲到的书斋名一般只为一代家人使用,而堂名可为数代弟兄之间所共享。关于这一点可以用如下例证说明:明代李日华(1565—1635),以清秀闲雅著称,人比之为明代的苏轼。著有《紫桃轩杂缀》、《六研斋笔记》与《味水轩日记》等。李日华工诗文,能书画,善鉴赏,是明代的著名诗文学家、收藏家。他的书斋取名为"六研斋",堂名则是"携李李氏鹤梦轩"。他的儿子李肇亨(1592—1664)也是当时著名的书法家、山水画家。他们父子共享一个堂名,有一方朱文"携李李氏鹤梦轩珍藏记"印章可以证实。一部原由北平故宫博物院出版的《宋人法书》(民国二十年二月版)共四册的影印本也可以佐证。此书的第三册目录:八《李纲行书》,十《赵鼎楷书》,其中钤有"携李李氏鹤梦轩珍藏记"和"李君实鉴定"印记。因李日华字君实,可见"携李李氏鹤梦轩"是李日华的堂名。在第四册《于漠行书》和第二册《苏轼行书》中,都钤有"携李李氏鹤梦轩珍藏记"和"李珂雪珍藏"印记。因李肇亨字珂雪,可见其父子共享"携李李氏鹤梦轩"堂名的情况是可信的。

现代书画鉴定家徐邦达先生专门有文章考证李珂雪为李日华之子,以前有不少人以为李珂雪是珂雪和尚,文物鉴定界通过徐先生的考证从此形成了共识。

## 第二节 "腊油冻佛手"和"一捧雪" 伏曹家之败

在《红楼梦》的故事情节里有两件重要古玩，一件叫"一捧雪"，另一件则叫"腊油冻佛手"，是曹雪芹笔下尽人皆知的艺术道具。

在第十八回元妃省亲时，点了四出戏，脂砚斋还特别指出："所点之戏剧，伏四事，乃通部书之大过节，大关键。"可见这四出戏隐喻了《红楼梦》的写书旨义，其重要性是不言而喻的。第一出是《豪宴》，而《一捧雪》是其中一折，脂砚斋更是批明白那是"伏贾家之败"的原因。讲述明朝嘉靖年间，严世蕃向莫怀古索取"祖传玉杯一捧雪"。这很清楚地表达出两个信息，一是玉器，二为祖传。因此多年来一直受到红学界的普遍关注，据有关学者考证，这出折子戏的中心意思就是："讲述了由于这一件古玩给一个家族带来了一场惨剧。"

另一件就是"腊油冻佛手"，按周汇本根据蒙古王府本印作为"臘油冻佛手"，1957年之后在人文社通行本则印作为"腊油冻佛手"。查《辞源》，"臘"和"腊"为同义字，可以互用，现称它为"腊油冻佛手"，读者是可以接受的。然而笔者以为这件古玩更是《红楼梦》重中之重的器物，实质上曹雪芹是在用《一捧雪》作为"引子"，并衬托真正要描写的是这件"腊油冻佛手"。两件玉器都与"手"有关，这怎么讲呢？第七十二回中,曹雪芹用了较大的篇幅以曲折的手法,有意识地特别放大了这件古玩的离奇失踪和贾府主人贾琏上下寻找的戏剧情节,以隐寓这件古董的重要性,同时也道出了这件玉器在贾府主人心目中的特殊地位。所谓"腊油冻佛手",曹雪芹已经交待清楚是一件玉器,其特征应是像"佛手"一样的颜色和形状。至于"佛手",其实是一种枸橼类植物,果实长形,裂开如拳,张开成手指形;此物色泽金黄,香气浓郁宜人,但不能食用。故常为善男信女用之于菩萨像前的贡品。年纪大一些的老人,都知道此物在民国时期至新中国成立初期在市场上还是常见之物,然而近数十年来国内市场上却几乎看不到它的踪影了。据了解,现在浙江、福建等地仍有出产,仍旧出口到港台等地区,内地却反而鲜见了。从上述介绍可以知道,佛手的色泽是黄色的,形状如拳,张开成手指形。在《红楼梦》第四十回中对它就有过专门描写:"……盘中盛着数十个娇黄玲珑的大佛手"。作者用"娇黄"来形容它的色泽,用"玲珑"似玉的用词来突出这件玉器的主要特征。然后再了解一下"冻",这个"冻"字是文物行业中或珠宝玉器界一个专业的用字,所谓"冻"就是玉石的紧密度、细腻性和透光性的综合描述。故"腊油冻佛手",可理解成"娇黄色像佛手形状的如腊肉油脂般糯感,似透而非透的上等玲珑玉器"。

在前面的文章中也曾屡次探讨过:"经故宫博物院的研究资料和清《事物异名录》的考证,'如意'的起源就是古人用于搔背之用,端部作手指之形的古之爪杖。"由此完全可见,曹雪芹是在《红楼梦》中以这两件艺术古董玉器为道具,用心良苦地将指针又直接指向了,那件已被弘历"搜获"入清宫的曹家传家之宝"玉如意";同时也说明白了,就是这件玉如意"伏了曹家之败"。

## 第三节 "姽婳将军"词直指秦良玉<br>（贞素）女将军

本书第二章对秦良玉一生作了简介,秦良玉始终从事忠于明王朝而为之战斗的一生,在我国历史上留下了浓墨重彩的一页,也是我国历史上唯一被编入正史"二十四史"的女将军。她对明王朝绝对忠贞不渝,即使在明末朝政腐败之时,文武大臣皆垂首的危难时刻,她义无反顾地曾经三次从川黔西南的嵝峒山区,万里勤王直奔辽东战场参加抗清战斗,同时她又是一个镇压叛军和农民军的得力干将。因此,秦良玉无论在明朝廷的眼中,还是在明亡之后的遗民遗臣的心目中,都是一位值得敬仰的忠义不渝的女英雄。由此,归纳秦良玉的一生可以用三句话来总括:第一,她是一位对明忠贞不渝的民族女英雄。第二,当文武大臣皆垂首不语时,她义无反顾三次奔赴远在辽东的抗清战场。第三,她多次参与镇压叛军和农民军的战争。

然而通过阅读《红楼梦》第七十八回的姽婳将军词,可以看出由贾府的核心人物贾政亲自发起,并由宝玉、贾环、贾兰唱和的这首歌颂女将军的诗词,就会令人惊奇地发现,上面总结秦良玉一生的三句话,句句"主题词"都直接或间接地用对话和诗词表达在其中了。首先,贾政在与众幕友谈论寻秋之胜时说"最是千古佳谈,'风流隽逸,忠义感慨'八字皆备",提出了写"姽婳将军词"的总纲,可见其八字的核心内容是一位"忠义"的"女将军"。

贾政又讲述了这位女将军奔赴疆场殒身国患,以蒙王恩的英勇战斗场面。隐喻了秦良玉亲临东北战场抗清浴血奋战以及其兄秦邦屏,弟秦邦翰、秦民屏三人为国捐躯,仅秦良玉一人独存的惨烈情景。贾政同时又用"黄巾""赤眉"来形容张献忠所带领的农民军。之后在贾环的五言诗中,用"好题忠义墓,千古独风流"结尾。因为现存重庆石柱县的秦良玉墓,是古今闻名的"忠义墓"。秦良玉被敕封的就是"忠贞侯",故称之为"千古独风流",是有缘由的。秦良玉墓碑原有题诗曰:"自开辟以来,以妇人而建武功,抒忠义,爵通侯者,惟冼氏、秦氏二人。冼氏苗产,高凉人,世为南越首领,经事梁、陈、隋,不足深责。良玉忠州良家女,其大义在始终事明,大节在断袖示陆逊之,大计在献言于邵捷春、陈士奇两抚军,骇不能用,是又冼夫人所不及也。"

(《蜀龟鉴》卷三页三七)

可见称之"独风流"是名副其实的。宝玉在最后面的十副结尾诗中,则直言不讳地道明了崇祯年间朝廷的"天子惊慌愁失守,此时文武皆垂首"的实况。

　　从这一节姽婳将军词的唱和诗中可以看出，在曹雪芹的心目中，由于他的祖先本是汉人，后来虽投降依附于后金（清），并有辉煌的时刻，然而辉煌是从"清廷"始，衰败亦为"清廷"终。对于秦良玉，曹雪芹可能并无多少感情，但是对她忠和义的民族英雄气节，曹雪芹却是与当时的明末遗民心目中的女英雄有同感，况且秦良玉亦有"忠贞侯"之称。为此，曹雪芹借用这部小说的姽婳将军词，道出了其内心之本原："是为了引出和联系那柄曹家世代祖传的玉如意。这才是曹公内心最大的情感所在。"

# 第七章 隐寓探索

## 一、玉和石与玉石有瑕

古人谓:"石"字源起于甲骨文"石",从"厂"从"口",故其"厂"如"石崖",而口如"石块"。玉则是"美石"之专称。"金、石、土、革、丝、木、匏、竹",古人称之"八音",均乃从然也。其实《红楼梦》就是通过"石头传奇"的故事,即"玉兄"的"身前事",以女娲补天这一为人熟知的神话原型,仅仅扮演的是"借体"角色,展开故事的由头;而"石"则是围绕在《红楼梦》现实故事之外的神话故事框架的核心意象,把那块"来历非凡"和"性灵已通"的"石头"投影至贾宝玉那块"通灵宝玉"之中。因此在《红楼梦》中"石"和"玉"虽"分观为二",而实质是"合观为一","玉"则是"石"的高一级存在的实物模态,是"石"的升华,故称之为"美石",即"玉"也。

其实,"石"与"玉"在物理特性上也赋予了两者的共性,它们的共通性质是"硬"而"脆","抗压不抗击","重压则坚","重击则折"。成谚有云:"宁为玉碎,不为瓦全。"可知"玉石"不抗撞击,摔打之,易折易碎性可知,盖"石粗"而"玉精",亦谓"石"丑而"玉"美也。

"《石头记》脂评甲戌眉批"曾对宝玉的"通灵宝玉"有如下批语:"按'瑕'字,本注:玉小赤也,又玉有病也。以此命名恰极!"可以说,脂砚斋是十分清楚这块"通灵宝玉"尚有小赤之瑕的特征。所谓"小赤之瑕",可以理解为此玉中有小部分的"朱色"或"赭色"的瑕病,此为赤瑕宫神瑛侍者的下凡作好了幻法描写的铺垫。而神瑛侍者的"瑛"恰恰说清了它本来就是一块精美的宝玉,但其中仅有小赤赭色而已。

然而对于玉质的评判标准,在各个时代和各位藏家的眼中也有着不同的评判标准。如今的"中国国家标准管理委员会"发布了"GSB-3061-2013"《和田玉实物标准样品》。该标准规定:"和田玉实物国家标准样品,并以颜色为分类和质泽均匀度作为优质玉石的评定标准。"当然这是在现代玉器专家和藏家心目中的以稀有、晶透、无瑕、油润等多种用词加以评判择石的标准、准则。

在古代则不完全是这样认为的。北京故宫博物院玉器专家张广文先生在为《故宫博物院藏文物精品大系·玉器》所写导言《清代宫廷玉器的收藏与使用》一文中,有这样一段古人对玉器的质量评判标准的考证:"收藏古玉之风,康熙时已在社会上出现,及至乾隆时期,此风有增无减,在官宦中更为崇尚,特别对一些小玉件渴求甚殷。若玉上有鲜活斑点或天然蕴色,更是身价倍增,千金难买。纪昀(晓岚)在《阅微草堂笔记》中记有小玉件的买卖情况:'曾见贾人持一玉簪,长五寸余,圆如画笔之管,上半纯白,下半莹澈如琥珀,为目所未睹,有酬以九百金者,坚不肯售。'又'见董文恪公一玉蟹,俱不甚巨,而纯白无瑕,独视之亦常玉,以它白相比,则非隐青,即隐黄隐赭,无一正白者,乃知可贵……以六百金转之矣'。……'乾隆对所知道的著名玉器,想方设法也要收罗宫中'。"

从上述纪晓岚记述有人以九百金购玉簪,商贾竟不肯售,董文恪公玉蟹以六百金转之的两件玉器买卖记载来看,中国古代的玉文化对玉器的材质评判标准和当下的认知有所不同,古人认为在匀润之玉中部分有天然蕴色无一正白者,乃知可贵。

## 二、以石生因、由玉终果、真假分幻

《脂砚斋重评石头记》之首有《凡例》:"……此书开卷第一回也。作者自云:'因曾历过一番梦幻之后,故将真事隐去,而借'通灵'之说,撰此《石头记》一书也。'故曰'甄士隐梦幻识通灵'。……诗曰:'浮生着甚苦奔忙,盛席华筵终散场。悲喜千般同幻渺,古今一梦尽荒唐。谩言红袖啼痕重,更有情痴抱恨长。字字看来皆是血,十年辛苦不寻常。'"

(《脂本汇校石头记》页一、二

《脂砚斋重评石头记》甲戌校本〔修订新版〕页七六)

这则《凡例》虽不能确定为何人所撰,但是从各种版本文字显示出作者的核心思想,可以看出曹雪芹为什么要以石为本,将"真"事隐去而用"幻"法来写《石头记》,是这部巨著写作笔法的真谛。所谓"真"者,汉书谓:"使真伪毋相乱也",是与"假"和"伪"的相对,而"幻"者则是变化原形,将"真形"藏起,以暂时之"假相"示人。《凡例》将此"真"和"幻"的辩证关系向读者阐述得清楚无疑,并在作品中淋漓尽致地使用了"真幻"笔法,游戏于作者的文章故事情节之间。

《红楼梦》第一回的回目,就是"甄士隐梦幻识通灵"。正文起首曰:作者自云:"因曾历过一番梦幻之后,故将真事隐去,而借'通灵'之说,撰此《石头记》一书也。"故曰"甄士隐"云云。又说:此回凡用"梦"用"幻"等字,是提醒阅者眼目,亦是此书立意本旨。

其中特别提醒阅者:"此回者凡用'梦'用'幻'字,是此书立意之本旨",也就是说"真"与"幻"是《红楼梦》写作的宗旨,曹雪芹是用"梦"用"幻"字来指明过去经历过而现在已经失去的豪华生活,杜撰的小说正面文章的背后,隐藏着作者家境衰败的亲身经历,这才是"真"实的历史。

无独有偶,乾隆帝在甲戌年那首御题诗的第一句"竹化分真幻",也用了"真""幻"两个字来形容此件"玉如意"。按笔者对这句诗的解读是:"此件玉石如意的分开断裂是有着一件真实而梦幻的故事。"这里"真""幻"两字的使用,是如此地不谋而合。使人更为奇怪的是,这则《凡例》有诗云"古今一梦尽荒唐",而乾隆的第二句诗是"铜函阅古今",也把"古今"的古之"往事"和"现在"联结在了一起。对于自古被众多文人称之"薜萝"的用词,在曹雪芹的《红楼梦》和乾隆御制诗《玉如意》之中却都称之为"萝薜"。这种巧合,令人不禁要问,难道乾隆和他的儒臣们在甲戌年前("玉如意"御题诗甲戌正月十五日之前几日,最迟为正月十五日)已经看到了《石头记》的抄本及《凡例》了?

此外《红楼梦》第一回,在写甄士隐与贾雨村相识叙谈时,忽然家人飞报:"严老爷来拜!"在此语旁有脂批云:"炎也。炎既来,火将至矣!"接着写癞僧向士隐吟出四句谶语,其中后二句曰:"好防佳节元宵后,便是烟消火灭时。"可知是元宵节正月十五前几日,脂砚斋暗示之"大火"为众所周知的雍正六年正月查抄金陵曹家之事,故曹雪芹将此家族刻骨铭心的大事隐喻写之。又是无独有偶,乾隆的那首御题诗《玉如意》,也正是甲戌年正月十五日前所写。如此种种,是"诗"出有因还是事出巧合,成为笔者多年来一直思考的问题。

### 三、《红楼梦》里"玉"字何其多

在《红楼梦》的整部书里,凡带"玉"和"从玉"之字,委实甚多,尤以人名、器名甚至地名都与"玉"字相伴,"玉"固然是一种吉祥物。大家熟悉的贾宝玉、林黛玉、甄宝玉、蒋玉菡、妙玉、林红玉、玉钏、玉官、若玉、玉爱等等,以及幻境中的赤瑕宫神瑛侍者出现,无不以玉命名或与玉字有关。作者更是将"玉"运笔于"真幻"之间,并以"玉"之本的"石"引喻为"女娲氏炼石补天之时,于大荒山无稽崖上一巨石"为全书引首,看来真是在为《石头记》作序,其用心何其良苦。

在《红楼梦》里还会发现"秦"姓之人也不少,甚至"芙蓉女儿诔"所诔的晴雯似乎也是"秦"的谐音,变成"诔秦之文"了?古本《石头记》第七回题诗云:"十二花容色最新,不知谁是惜花人?相逢若问名何氏,家住江南姓本秦。"可见秦姓和《红楼梦》有着不解之缘,难道曹雪芹只单单为"情榜"之情吗?此亦使笔者不禁联想到良玉本姓秦,曹雪芹是否有暗示及联系?这仅仅是怀疑而已,实在不敢妄断。

### 四、妙玉与"口"

《红楼梦》中的妙玉确实是一位十分神秘的人物,整部书中虽然仅出场数次,但曹雪芹对她的排名却是在王熙凤之前,并且对她的描写十分有意思,小说将她描写成了一种世外"畸人"的形象。第十七回至第十八回(古本《石头记》第十七、十八回尚未分开),从林之孝家的口中得知有一带发修行的女子,法名妙玉,为寻找佛典"贝叶经"文,风尘仆仆由苏州来到长安"京"城,王夫人竟毫不犹豫地命书启相公写了帖子,请这位妙玉入住大观园之栊翠庵中。第四十一回,曹雪芹对妙玉的描写可以说是达到了惟妙惟肖和淋漓尽致的程度。这一场景对每一位红学爱好者来说可能印象都是十分深刻,妙玉说:"幸而那杯子是我没吃过的。若是我吃过的,我就砸碎了也不能给她。"但同时又将自己常用来喝茶的"绿玉斗"拿给宝玉吃茶。读者当然会想:"妙玉和宝玉是什么关系,妙玉又和同时在场的'黛钗'是什么关系?"粗看起来她的言行是何等高傲,何等不同于世人,但是细细想来,在当时封建礼仪森严的大族人家,曹雪芹如此反差对比的描写自有他特别的用意。可以肯定曹雪芹如此用笔,绝不是借一只"口杯"来表达妙玉的轻薄之态。回过头来再看妙玉和贾母的对话,贾母开场便说:"我不吃六安茶。"妙玉笑答:"知道,这是'老君眉'。"这充分表明,事实上她不仅对贾母非常熟悉,同时也隐喻了和贾府有着深厚的文化交融渊源。而泡茶之水,贾母吃的是"旧年蠲的雨水",黛钗吃的是从梅花"五花瓣"片上收来的沉年雪水。又是这样的对比反差描写,说明了妙玉连贾母这样的现曹氏家族的核心人物也没有放在眼里。这样的畸人畸在何处呢? 正是畸在"妙"字和"口"字上了。你看,第五十回为什么偏偏是宝玉联诗被罚,独自去栊翠庵求取梅花呢? 第六十三回,宝玉生辰,收到的是妙玉署名"槛外人""遥叩芳辰"的笺帖。笔者以为,所谓"槛外人"意在槛外才是人,反过来,妙玉在槛内又是什么呢? 第四十一回,板儿玩了很长一段时间的佛手,曹雪芹为什么要将它带到栊翠庵前呢? 巧姐又为何此时用柚子换来佛手? 栊翠庵仅仅只是大观园中一处庵堂的院名吗? 高鹗为什么要安排"妙玉"被偷走的荒唐结局呢? 难道只是为了迎合曹雪芹对妙玉的判词吗？他又为什么安排偷"妙玉"的人是和周瑞家的干儿子有关？周瑞家的女婿古董商冷子兴又会扮演一个怎样的角色？真的是《石头记》八十回后的文本被"借阅者"借得无影无踪了吗？又为什么恰巧在乾隆年间，泰兴严振先会著有《玉如意》说唱本问世流行呢？

### 五、蒋玉菡

有学者对蒋玉菡的解读，应该是"装在紫檀木匣子里的玉石刻章"。此论笔者深有同感。细观此名，曹雪芹极有可能是用了多个谐音，把姓氏"蒋"代替隐去的动词"将"，以"菡"字隐去成"函"（人文社通行本则已印为"函"），就成了"将玉函"了。故可以解读为"将一件玉器放置在名贵的黑色紫檀（黛）木盒中保藏"。为什么放在紫檀木盒中呢？因为蒋玉菡住在"紫檀堡"内，"堡"者："为防御外来冲要之坚固设施"称"堡"。可见是函又是堡，即非匣（盒）不是了。由于用紫檀这种比较华贵的木材作名贵器物的包装，是收藏者常用的一种高雅包装方式，这一点很好使人理解。但是小说中的蒋玉菡，作者却把他写成是在当时社会中一名地位低下的戏子。在曹雪芹的笔下，这位"戏子"竟成了两位王爷争夺的对象，令人匪夷所思。那是什么东西值得两位王爷如此争夺呢？我想答案只能是那件被乾隆称颂为"宝球琳"的玉如意了，这位"戏子"虽然经历了"多场精彩的演出"，但此剧的真正幕后编剧者，恰恰正是清帝国的历代帝王。

综上所述,作者曹霑巧妙地运用了这些道具,犹如脂砚斋一再指出的"草蛇灰线,于千里之外"的妙笔,采用隐喻和借用的手法,客观上为这部作品增添了神秘的色彩和非凡的魅力,以引人入胜的故事情节,诱导读者融入其中探秘,以致使这部名著在乾隆朝时已广泛地被暗中传阅于各个阶层,并使得乾隆朝欲禁而不能,越发为这部巨著增光添彩。

由于红学委实博大而精深,笔者对上述《红楼梦》冰山一角的愚见,亦只能是探索和感想而已,何敢妄下定论。谬误之处,敬祈学界正之。

# 第八章　曹雪芹写《红楼梦》的原意分析

《脂砚斋重评石头记》甲戌本,开卷第一回的一段自白就提出了自己的创作主张:"但我想,历来野史皆蹈一辙,莫如我这不借此套者反倒新奇别致,不过只取其事体情理罢了……至若离合悲欢,兴衰际遇,则又追踪蹑迹,不敢稍加穿凿,徒为供人之目反失其真传者。"

从上述主张可以看出,曹雪芹的创作原则是写实,亦就是写真,但绝不是写实录,正如他说得十分明白的一句话:"不过只取其事体情理罢了。"这是曹雪芹在当时的时代背景下所能表达的他的真实意愿的话,故而在文章中他将其家族及亲身经历的生活事体,以及上辈的各种所见所闻,依凭自己胸怀万卷的文化底蕴和才气,加以剪裁、提炼并运用真幻的笔法,展示在其内在情理之创作中。因此,他文学上的"真",有着非常艺术的形象理解;他笔下的"真",就是生活的完整和复杂本质的再现。

然而曹雪芹又自叙此书:"将真事隐去"和"满纸荒唐言",藉以说明小说中的人物、情节及环境都是虚构的,同时又强调小说之中的

"离合悲欢"是在"追踪蹑迹"以免"失其真传者"。既然事非真事,人非真人,何来追踪蹑迹呢? 岂非自相矛盾。在这一问题上,通过历来红学专家对《红楼梦》的各种考证,分析出曹雪芹正是运用了某些真人、真事、真物,通过隐喻甚至幻笔来表达事件及剧情变化的需要,将人和物在特定的环境中有机地相互融合在一起,以达到能符合实际自然和必然发展的"传神之笔"效应。从而使整部小说不失为既有"真传"的辩证效果,又有各阶层的读者所青睐的实效。

再看乾隆对古玉尤为喜爱,是我国历史上著名的"玉痴",因此只要被乾隆所知道的著名玉器,他都要想方设法收罗宫中。曹家的那件具有特殊纪念意义的传家之宝,也就这样被囊括其中了。由于乾隆的巧取豪夺,一定会引起曹家后代对乾隆的强烈不满,因此从所遗存的各种信息显露:脂砚斋、畸笏叟将自己隐姓改名后,这些笔名在批语中不时地隐寓有对当朝不满的信息,为了躲避文字狱的追究,不得不竭力隐之又隐;但是从内心深处而言,对作者和批语者所要表述的真实原意和初衷,这些批语又往往起到了注解、点明、提醒之功效。可见批者脂砚斋、畸笏叟对作者的真实意图是一清二楚的,对于作者不便表明的暗机,往往出自批语,但却又时常反其一二,让人摸不着头脑,或有几句让人揣测批者身份之语,亦有可能是其"用心之处"。

最后笔者想以冯其庸先生在《论〈红楼梦〉的思想》一文中的一段话,作为本书的结尾:

《红楼梦》是一部小说,它的表达方式与思想家的表达方式很不一样,更何况他(曹雪芹)处在一连串的文字狱的恐怖气氛中,他的表达更需要曲折而不是直白。正因为如此,求之过深,则容易穿凿而失其本意,求之太浅,则容易忽略他涵有深意的语言,所以作者自己就担心到这一点,写下了"满纸荒唐言,一把辛酸泪。都云作者痴,谁解其中味!"的诗句,他担心人们不能理解他在这许多荒唐言里蕴藏着的深意,不能解出其中之味。这些都是时代的烙印,我们只有谨慎地去索解它,直到真正"解味"为止,除此之外,没有第二种办法。

(《红楼梦学刊》2002 年第 3 辑)

# 后　记

　　本书拟稿,始于辛卯(2011 年),大约用了三年时间的校注考证拟稿,到甲午(2014 年)腊月总算完稿。之后又逐步修缮,前后七年,三易其稿。近年上海茅子良先生对本书做了大量的审订工作,范峤青女士对本书提供了不少宝贵意见,谨致感谢。

　　本书出版之际,正值中国民族女英雄秦良玉逝世 369 周年,又是金陵织造曹家抄没约 289 周年,也是乾隆御制诗《玉如意》263 周年纪念日。《秦良玉与〈石头记〉初探》一书能在上海三联书店出版,殊感欣慰。

　　本书承蒙上海三联书店领导和责任编辑杜鹃女士以及为此书付出辛勤工作的女士、先生们厚爱,将得以顺利付梓,在此一并谨表谢忱。

　　是书虽经笔者多年努力探索编写,然谬误欠缺之处在所难免,敬请海内外学者不吝指教。

　　　　　　　孙怡祖　孙翼　丁酉新正元宵佳节于听琴斋

# 主要参考书目

1. 《御制诗集》第二集第四十五卷《玉如意》 刊台湾商务印书馆 1982—1986 年影印文渊阁《四库全书》第一三〇四册。
2. 《辞源》 商务印书馆民国四年十月初版。
3. 《古汉语字典》(汉语辞书大系) 侯福赞主编,南方出版社 2002 年版。
4. 《现代汉语辞海》 刘然主编,辽海出版社 2003 年版。
5. 《明史》卷二十二 中华书局 1974 年版。
6. 《明史》卷二百七十 中华书局 1974 年版。
7. 《明实录·神宗万历实录》卷五八四。
8. 《明实录·神宗万历实录》五八五。
9. 《明实录·神宗万历实录》卷五九三。
10. 《明实录·熹宗天启实录》卷十。
11. 《明实录·熹宗天启实录》卷十三。
12. 《明实录·熹宗天启实录》卷四十一。
13. 《秦良玉史料集成》 秦良玉史研究编纂委员会编,四川大学出版社 1987 年版。
14. 《秦良玉演义》 文公直著,中国书店 1988 年据寰球图书公司版影印(原书名《女杰秦侯传》,民国二十二年六月六日宗嶽《序》)
15. 《中国民族女英雄传记》 严济宽著,商务印书馆民国三十六年八月上海初版。
16. 《明季北略》卷之一。
17. 《国榷》卷八十三。
18. 《明鉴纲目》卷十五。
19. 《清实录·太祖高皇帝实录》卷六。
20. 《清世祖实录》卷九十三。
21. 《关于江宁织造曹家档案史料》 故宫博物馆明清档案部编,中华书局 1975 年版。

22.《楝亭集》 曹寅著,上海古籍出版社 1978 年版。

23.《曹雪芹家世新考》 冯其庸著,上海古籍出版社 1980 年版。

24.《红楼梦新证》(简体本) 周汝昌著,凤凰出版传媒股份有限公司译林出版社 2013 年版。

25.《脂本汇校石头记》 曹雪芹、高鹗著,郑庆山校,作家出版社 2003 年版。

26.《脂砚斋重评石头记甲戌校本(修订新版)》 邓遂夫校订,作家出版社 2005 年版。

27.《红楼梦学刊》 2002 年第 3 辑(总第九十四辑)。

28.《文物》 1973 年第 2 期《素卿脂研·王穉登题》。

29.《故宫博物院藏文物珍品大系·玉器》(下) 张广文编,上海科学技术出版社 2008 年版。

30.《故宫博物院院刊》 1982 年第 1 期。

31.《文物天地》 总第 293 期。

32.《中国美术家人名辞典》 俞剑华编,上海人民美术出版社 1981 年版。

33.《宋人法书》(四册,线装本)第三册 北平故宫博物院民国二十年二月版。

34.《王石谷年谱》 赵平编著,吉林人民出版社 2008 年版。

# 作者作品

山水

（1）奇石嶙峋图

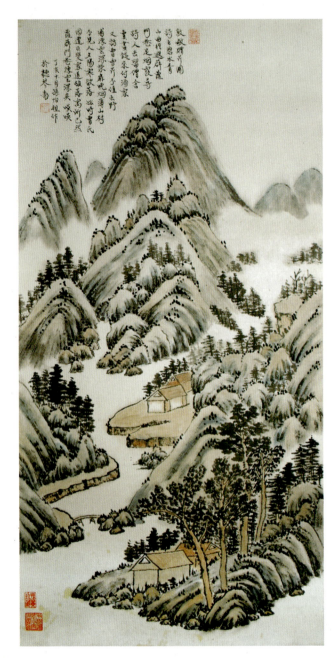

（2）薜萝烟霞图

野航詩禍載朱性甫題石田安老亭
圖卷詩云
江湖寒澗竟誰之短疏使今吾我辭
吾少航存骸事帖已知足辦車堂夢
遠中兩足未得愁林下一亭何不宜
璉巷晨氣耶書白蕃成還許希習詩
歲壬子十一月二十五日孫柏梧抄
雲林草堂作安老亭圖以目

（3）安老亭图

（4）松涧云深图

（5）柳丝春痕图

（6）曹洞宗图

花卉

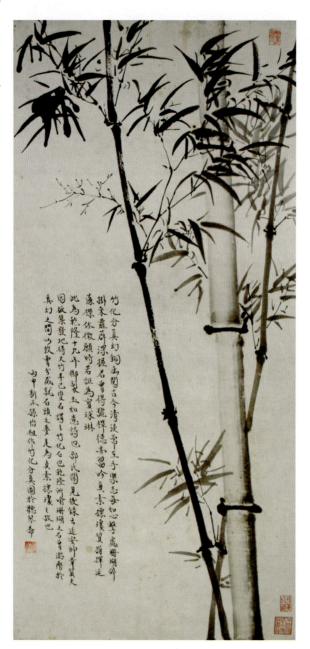

竹化分真圖竹化分真幻銅如圖亦今清淡邵女子學志母如心琴之處珊瑚砗磲蠹薜澡班名曾得琥珀德亦昭吟真素㯉濱質將彈送名坦為賞琢琳願時若祖為乾隆十九平御製五如意詩心邵氏圖見後錄㝃延安帥葦夫回板篆發地得大竹半已變石歸㝃竹化石巴乾隆沂有珊瑚㝃石曾游磨於真幻之間以投曹分成就石頭文妻是為真素㯉濱之致也丙申新正徐怡愷作竹化分真圖於藐琴齋

（7）竹化分真图

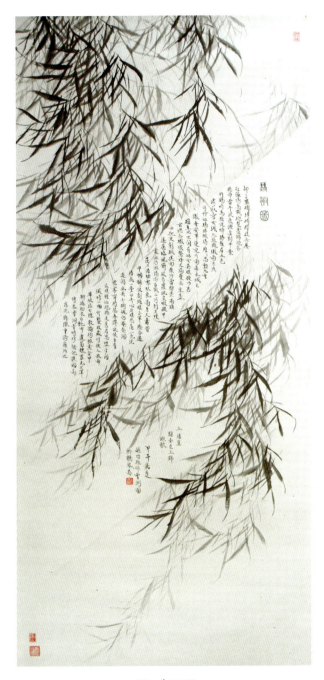

（8）曹洞图

## 人物

（9）曹霑移居图

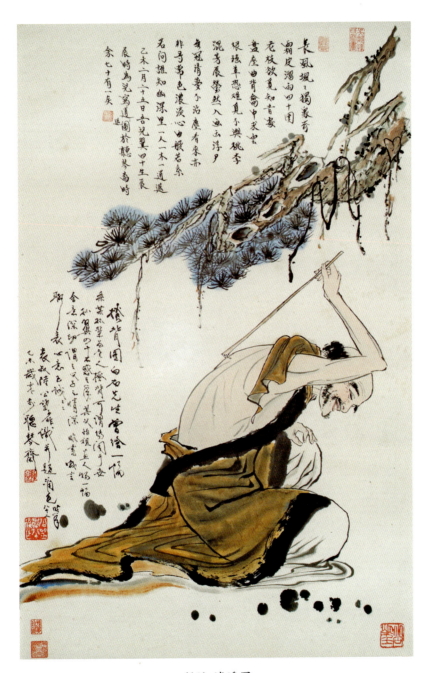

（10）逍遥图

（11）自在图

书法

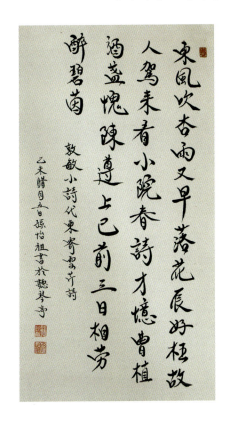

竹化分真幻铜迤
阅古今清淡常
立乎乐志每如心
擊愛珊碎掛
荣蘿薜深握君曾
得虢禅德亦当吟
真素操瓊质擗揮
延藻褋休微頹時
若詁为寶球琳
乾隆御製詩玉如意

乙未晴月十四日雪後大晴
孫怡祖書於聽琴亭

（12）书乾隆御制诗《玉如意》

東風吹杏雨又早落花辰好榾故
人驾来看小院春詩才憶曹植
酒盖愧踈遭上已前三日相劳
醉碧茵

敦敏小詩代柬寄雪芹詩

乙未臘月五日孫怡祖書於聽琴亭

（13）书《敦敏小诗代柬寄
　　雪芹诗》

**图书在版编目(CIP)数据**

秦良玉与《石头记》初探/孙怡祖,孙翼著.—上海:上海三联
书店,2017.8
　ISBN 978-7-5426-6011-4

　Ⅰ.①秦…　Ⅱ.①孙…②孙…　Ⅲ.①《红楼梦》研究
Ⅳ.①I207.411

中国版本图书馆 CIP 数据核字(2017)第 175148 号

# 秦良玉与《石头记》初探

著　　者 / 孙怡祖　孙　翼

特约编辑 / 茅子良
责任编辑 / 杜　鹃
装帧设计 / 一本好书
监　　制 / 姚　军
责任校对 / 张大伟

出版发行 / 上海三联书店
　　　　　(201199)中国上海市都市路 4855 号 2 座 10 楼
邮购电话 / 021-22895557
印　　刷 / 上海盛通时代印刷有限公司

版　　次 / 2017 年 8 月第 1 版
印　　次 / 2017 年 8 月第 1 次印刷
开　　本 / 710×1000　1/16
字　　数 / 100 千字
插　　页 / 12 页
印　　张 / 9.75
书　　号 / ISBN 978-7-5426-6011-4/I·1293
定　　价 / 45.00 元

敬启读者,如发现本书有印装质量问题,请与印刷厂联系 021-37910000